»LA GAJA SCIENZA«

VOLUME 228

IL NOCE DI CAVOUR

Romanzo

di CAMILLA

SALVAGO RAGGI

LONGANESI & C.
MILANO

ISBN 88-304-0800-X

IL NOCE DI CAVOUR

La verità autentica è sempre inverosimile. Per renderla più verosimile, bisogna assolutamente mescolarvi un po' di menzogna.

F. DOSTOEVSKIJ

I

IPOTESI SU FELICINA

Sono nata figlia unica da un padre a sua volta figlio unico: però me ne viene di parte sua una schiera di parenti ascendenti e collaterali così fitta e intricata che per districarla ho impiegato una vita.

I più recenti sono appesi alle pareti del salottino di Campale in cornici dorate di varie fogge e misure: e di quelli ormai so quasi tutto. C'è mio nonno, c'è la bisnonna Violantina, c'è il bisnonno Salvago, ci sono i fratelli Gian Antonio e Filippo Raggi. C'è Giulio figlio di Gian Antonio e padre di Violantina, e c'è Giobatta suo fratello e marito di Felicina. Felicina vi è rappresentata tutta in nero, coi capelli candidi e il « pezzotto » in testa.

Chi la guarda poi guarda me: « Come le somigli ». Forse la prende per una mia bisavola: invece non mi è nemmeno parente. È entrata in famiglia per aver sposato il pro-prozio Giobatta detto Baciccino: dal quale, essendo la coppia morta senza figli, mio nonno ereditò Campale.

Però la somiglianza è vera, e a volte mi spaventa. Se mi guardo allo specchio ritrovo in me i tratti marcati, un po' duri, del suo viso di vecchia: e l'aria rapinosa di chi si tiene stretto un possesso che è ben decisa a non mollare.

Che sia questa, la nostra parentela? Fatta non di sangue, ma dell'amore che, in tempi e modi diversi, abbiamo tutt'e due portato a questa casa?

« ...Aveva un cadreghino, strappava l'erba... »

Questo è Pippo a raccontarmelo, e Pippo è il giardiniere, figlio del vecchio Dullo che fu giardiniere a sua volta al tempo di Felicina. Una testimonianza indiretta, in quanto lui (Pippo) Felicina non fece in tempo a conoscerla: suo padre invece sì, da bambino sia pure (Felicina è morta nell'86), comunque quel tanto che basta a conservarne un ricordo che, come succede, è finito per condensarsi in un'immagine sola, ma concreta e nitida come un ritratto. « ...Aveva un cadreghino, strappava l'erba... »

A quest'immagine aggiungo, di mio, il cappello: di paglia, naturalmente, a larghe tese e con un nastro legato sotto il mento, come si conviene a una signora di campagna. E situo il fatto (l'azione?) in una giornata di sole: maggio, o primissimi di giugno: e sicuramente dopo una nottata di pioggia. Come faccio a dirlo? Semplice: ho imparato da Pippo come le erbacce si strappino meglio dopo piovuto; il terreno è molle, si fa meno fatica. Lui adopra il raschietto, un andare su e giù sistematico che lascia sul ghiaino striature ordinate, un po' in rilievo: striature che provvederà poi a spianare col rastrello.

Anch'io, quando siedo sulla gradinata dell'ingresso, mi trovo quasi senza volerlo a strappare le erbacce tra i ciottoli del lastricato. Con la mano raspo all'intorno: l'erba grassa, leggera – bisogna farci l'occhio per scorgerla in controluce – viene su a ciuffi, anzi si sfila dal terreno come da una guaina.

Sarà l'avermi vista in quell'atteggiamento ad aver ricordato a Pippo quell'immagine di Felicina? «...Aveva un cadreghino, strappava l'erba...»

È anche l'ultima che ho di lei, in ordine di tempo: ma la scelgo per cominciare a scriverne perché mi sembra emblematica del suo rapporto con la casa. (Dal momento che in parte è opera sua.)

ANCH'IO, dicevo, siedo sui gradini e strappo erbacce: e in qualche modo questo gesto mi placa. Perché è lento, uguale; consente (accompagna?) il flusso dei pensieri.

A cosa pensava Felicina? Alle sue spalle, come alle mie, c'è la casa: la sua mole si allunga sulla ghiaia protettiva, materna. Che le persiane siano chiuse, non vuol dire che sia disabitata: dietro le stecche verdi (erano verdi, allora) le stanze lievitano in una penombra fresca, da acquario. Mobili e oggetti hanno contorni fluidi, le cornici appagano un desiderio di contorni convessi, smussati, sul biliardo le biglie sparse denunciano la partita lasciata a mezzo da ospiti ormai vinti dal torpore pomeridiano o il gesto di chi, passando, sia stato tentato di romperne l'allineamento facendole rotolare l'una dopo l'altra sul panno verde-azzurro (la risposta delle sponde è sommessa e morbida come il ronron di un gatto al quale si gratti il sottogola). Una vita sia pure invisibile (insospettata?) si svolge all'interno: senza la quale la casa rovinerebbe su se stessa in un ammasso di polvere e di calcinacci.

Che peso a volte, tenere in vita una casa!

Felicina l'ha fatto, in un tempo in cui le sarebbe stato più facile – e più comodo – lasciar perdere. (Magari invocando una delle sue proverbiali emicranie, e chiudendosi in camera per non veder nessuno.)

L'ha fatto anche con quel suo ostinarsi a strappare erbacce in giardino; con quel suo tirarsi su, panchetto e tutto, per spostarsi, e ricominciare daccapo pochi metri più in là.

Felicina, Baciccino. Nomi buffi, strappano il sorriso. Le facce invece (nei ritratti) sono austere: come tutte quelle che mi guardavano dall'alto delle loro cornici, Raggi o Salvago che fossero; anonime comunque; e vani erano gli sforzi del nonno di farle uscire per me dall'anonimato con un aneddoto (una leggenda?) che potesse svegliare il mio interesse. Quello era lo zio Filippo, Ispettore di Polizia del Regno Sardo, quell'altro lo zio Giulio, Gentiluomo-di-Bocca della Regina Maria Cristina, quell'altro ancora Gian Antonio, Ministro delle Finanze, quell'altro invece, suo padre bambino...

Mio nonno aveva conosciuto Felicina, e anche molto bene: nei suoi diari di adolescente scribacchino, sia lei che Baciccino hanno una parte preminente. Inesplicabilmente, da vecchio, non gliene sentii mai far parola. Di lui, del prozio Baciccino, sì: ma di lei, niente. E se proprio doveva nominarla, non la chiamava « la mia prozia Felicina », come sarebbe stato naturale, bensì « la moglie del mio prozio Giobatta », e di questo silenzio doveva pur esserci un motivo. C'era sempre un motivo nei silenzi del nonno. Plumbei, massicci, gravidi di un rancore che sembrava ispessirsi negli anni come il sangue arterioso dei vecchi. Presenze moleste venivano obliterate da quei silenzi come da un tratto di penna: non ne parlo, dunque « non sono ». Nel caso di Felicina, mi ero fatta l'idea che non amasse parlarne per via del cognome.

Felicina, infatti, nasceva Oneto: e Oneto è cognome, a Genova, dei più comuni. C'era una Maria Oneto alla quale mia madre ricorreva come tappabuchi nei momenti di emergenza domestica (frequentissimi a casa nostra): una donna laboriosa, di poche parole. Veniva, si toglieva cappello e cappotto, indossava uno spolverino nero appeso a una gruccia del guardaroba, e con quel gesto riprendeva possesso della casa. « Ah, ci fosse ancora la Maria Oneto! » sospirava la mamma: perché, a un bel momento, anche lei non ci fu più. E c'era la Oneto mia compagna di banco dalle Dorotee, quella che mi lasciava copiare il compito di greco; e poi c'era Oneto, il rosticcere famoso per le sue torte pasqualine: «... la torta pasqualina come la fan da Oneto...»

Per Felicina, il fatto del cognome era vero e non vero. Voglio dire, che in realtà non era solo quello. Di altre colpe, per me allora ignote, dovette essersi macchiata agli occhi del nonno: colpe ben più gravi, tali da farla scendere irrimediabilmente nella sua considerazione.

Nello scrivere queste parole, mi accorgo che tutto questo potrebbe essere l'avvio di un giallo, uno di quei gialli all'inglese, con scambio di bambini in fasce e testamenti occultati; ma del resto, anche senza questi ingredienti romanzeschi, la vita di ciascuno di noi ha le sue zone oscure.

Forse la figura di Felicina cominciò a intrigarmi proprio per quel tanto di oscuro e di torbido che si intuiva dietro la sua rispettabilità. Una vecchia dama dall'aria così amabile: veste di nero, ha dignità e compostezza, capelli bianchi aureolano il suo lungo viso, sui capelli posa leggero un triangolo di pizzo. Ma gli occhi – ah, gli occhi. Tutt'un passato sembra condensarsi e rapprendersi nell'azzurro nuvoloso dello sguardo che si volge non al di fuori, ma al di dentro di sé. E di quel passato, io al momento non so nulla.

Lo scoprirò via via, tra le sue carte: e così saprò di mammà e del suo «passo mal combinato», saprò della casa di Fegino, di Charlotte.

Forse a nessuno, nemmeno a Giobatta, Felicina avrebbe lasciato capire tanto di sé.

Sapeva che di me poteva fidarsi? Che poteva contare, oltre che sulla mia comprensione, sulla mia complicità?

EPPURE da bambino mio nonno era stato affascinato dalla sua prozia. Felicina era una donna brusca, un po' mascolina: certo più uomo lei che non lo zio Giobatta. Il nonno era spesso ospite loro a Campale: ci veniva da Badia dove viveva col padre: a piedi, naturalmente, per una mulattiera tra i monti che dal tempo dei tempi era servita di collegamento tra le due proprietà. O meglio, le due case: la proprietà in realtà era una sola. I « beni dell'Abbazia » erano sterminati, dal savonese si allungavano fino alle estreme propaggini del Monferrato: in comune di Capriata, per esempio, c'era Castelvero, e Castelvero fu, per tutto l'Ottocento, la villeggiatura preferita dei Raggi: subito dopo venivano Badia e Gattazzè, ultimo Campale, una ex grangia di cui ci si serviva come casino di caccia. Campale insomma era una residenza minore, un po' trascurata: almeno fino all'avvento di Felicina. Quando, per divisione ereditaria, toccò a Giobatta, le cose cambiarono. Il rustico cascinale venne trasformato in villa, anzi in un villone, come dovette sembrare agli occhi abbagliati del nonno, abituato alle dimensioni tutt'altro che imponenti di Badia. Non è detto però che questo gliela rendesse più simpatica. Mio nonno aveva avuto un'educazione spartana: vivere col padre (vedovo di una nipote di Giobatta) e, di conseguenza, in una compagnia tutta maschile lo aveva reso diffidente verso le donne in genere, e il loro modo femminile di essere – da femmine, appunto. Per cui: nessun interesse per Campale come villa; tantissimo invece per Campale come azienda, e per la zia, nel suo ruolo di capo-azienda. Perché era lei a mandare avanti il tutto: e quando partiva alla guida della sua charrette lui le andava dietro, occhi e orecchie bene aperti, per assorbire i suoi insegnamenti. Si stavano costruendo le nuove case coloniche nell'aia dietro Campale: una era già al primo piano, l'altra alle fondamenta; finita invece la fabbrica delle stalle: il piacere (l'importanza) di riferirne al padre, di mostrarsi bene informato, e forse, oscuramente, di rivendicare il suo ruolo di compagno-confidente della zia. Aggirando i mucchi di calcina, scavalcando cataste di nevie o di travetti, lei trattava con muratori e manovali con l'autorità di un capomastro. Allora, oltre la fascinazione, il rispetto. E una sorta di ruvido inconfessato (conoscendo il suo carattere, aggiungerei riluttante) affetto. « Finisco col lapis perché la zia si è presa la mia penna... » « La zia sta bene, passeggia tutto il giorno – una di queste sere andremo a Cassinelle a piedi, io però temo si stanchi... »

Campale è un porto di mare, gente che va e che viene, si parla di politica, di affari, di affari soprattutto: e benché il nonno bambino fosse abituato a sentirne parlare, i discorsi trauditi a Campale dovevano riuscirgli particolarmente tediosi. Gli affari lo sono sempre, quelli degli Oneto – famiglia numerosa e litigiosa quasi più di quella Raggi – lo erano fino alla nausea. Fratelli, cugini, nipoti. Vengono, e sembra che il motivo sia la caccia, un pasticcio di pernici o una lepre in salmì, in realtà è tutt'altro – tutt'altra la piega che, di fronte al camino acceso, prenderà il discorso: le voci alte, i silenzi, il rabbioso andirivieni dei passi sul parquet del salottino. « Era una giornata burrascosa, la zia si inquietò con tutti fuorché con me... » E ancora: « ...nel mezzo della disputa si volse a me e disse ridendo: 'Come ti sarai avveduto non ho il carattere più manovrabile del mondo...' »

Non manovrabile, davvero: ma spigoloso, aspro, con durezze che poi per forza si ritorcevano su se stessa, schiantandola con una delle sue famose emicranie. « La zia si è messa a letto, dice che ne avrà fino a domani di certo... » La camera di Felicina è quella d'angolo, a pianterreno, dove oggi ho lo studio. Pareti chiare, a smalto, e un tappeto sparso di rose su un fondo rosso cupo: il letto in mogano nell'alcova scompare dietro i cortinaggi. Quando l'emicrania le dà tregua il nonno vi è ammesso per leggerle la *Gazzetta*. « Bravo, siediti lì. » Parla senza aprire gli occhi, il viso incorniciato di capelli bianchi è una macchia appena più chiara sul candore del cuscino.

E così ho quest'altra immagine di Felicina, questa volta grazie a mio nonno: attraverso i suoi occhi di bambino. Per il quale in quegli anni Felicina era un mito ancora intatto:

la zia dice, la zia fa. Ma due anni dopo muore lo zio, lui (mio nonno) ne è l'erede, lei l'usufruttuaria: e tutto il clan Raggi, soprattutto le femmine sobillate dai mariti, si erge contro Felicina, accusata di « portargli via tutto ». Mio nonno ha sedici anni, e non vorrebbe credere a quelle accuse: la zia sempre un mito per lui, sempre alta sul piedistallo su cui l'ha posta. Poi, col passare del tempo, qualcosa deve fargli cambiare idea. Il nonno non ha mai amato i Raggi (non si è mai sentito parte del «clan») ma ecco gli Oneto cominciare ad assumere anche loro i connotati di un clan, e farsi avanti a pretendere ora una cosa, ora l'altra. Segue un periodo, fra lui erede e lei usufruttuaria, di diffidenza e di tensione. Felicina tiene nota di tutto, ogni entrata viene scrupolosamente registrata sui libri contabili, e così ogni uscita: ma alla sua morte il nonno dimenticherà presto che Campale è stato fatto soprattutto col denaro suo, e gli sarà facile convincersi (o lasciarsi convincere) di essere creditore e non debitore nei suoi confronti. Fra lui e gli Oneto la rottura è inevitabile: altrettanto inevitabile associare Felicina, ormai incapace di difendersi, alle loro vere o presunte malefatte.

Ecco allora la figura di Felicina scomporsi in tanti brandelli da stracciare rabbiosamente uno per uno, come si straccia una lettera della quale non si vuole serbar traccia.

Chi era ancora Felicina per lui quando mi illustrava i ritratti del salottino? Niente più ormai (anche se la rabbia aveva ceduto a una più serena ed equanime valutazione dei fatti) che la « moglie del prozio Giobatta ».

« Quanto meglio », scriveva a Felicina la sorella Paola, « se vi fosse toccato Fegino invece di Campale! »

Fegino era una delle tante proprietà Raggi, un palazzotto nella Valpolcevera dove Felicina aveva trascorso la luna di miele; per questa, e non solo per questa ragione, le era sempre stato caro. Caro, e suo: mentre non aveva mai sentito suo Campale.

Questo lo deduco da un disegnino che per me ha un valore particolare, in quanto è l'unica raffigurazione del Campale prima maniera, non ancora manomesso cioè da Felicina. Il disegno non è datato ma posso situarlo intorno agli anni '50. A quel tempo, lei e Baciccino erano spesso a Campale, ospiti del signor Filippo, lo zio scapolo che aveva tanto contrastato, prima di accettarlo *bon gré mal gré*, il loro matrimonio. È anche lui uno degli « antenati » del salottino: faccia malcontenta e insieme sussiegosa; le labbra, semiaperte, fanno pensare che parlasse nel naso, una dizione farfugliante, stentata. Sicuramente puzzava di tabacco: e quella puzza dovette per Felicina restare a lungo legata ai giorni di Campale, come i caminetti che facevano fumo e i materassi di foglia che crocchiavano orrendamente ogni volta che ci si rigirava.

Così un giorno dovette aver preso su ed essersi piazzata sull'altro lato dello strapiombo che cinge Campale: aveva con sé l'album da disegno e le matite, e ne era venuto fuori questo disegnino dai segni feroci e nitidi, che mettono in risalto solo l'aspetto inospitale della casa – la boscaglia rada all'intorno, la mole massiccia, le finestre piccolissime e distanziate, che sembrano accentuarne l'aria sguarnita di fortilizio – peggio, di prigione.

Cancellare tutto questo dalla sua memoria, e da quella altrui, deve essere stato lo scopo che si era prefissa dal momento in cui vi si era insediata da padrona.

Campale – la casa che abito adesso, che conosco in ogni sua piega, che potrei percorrere a occhi chiusi dal solaio alle cantine – Campale, dunque, nasceva così.

Un pensiero di rivalsa e di rancore alla base: poi via via la fantasia che si sbriglia, prende il sopravvento. Dopo la morte del suocero, Felicina si trova a dover far spesso la spola tra Torino e Genova, e lungo la strada si vedono certi villini fatti a chalet, tetti a punta, trafori: Felicina deve restarne colpita. Per la stravaganza, oltre che per la novità. Una villa così non può passare inosservata: e la gente che l'avesse notata avrebbe in certo modo notato lei, il suo estro, la sua inventiva.

Così, tutto quello che per il passato aveva costituito il bello di Campale, che gli aveva dato carattere e nobiltà (anche un vecchio cascinale può avere nobiltà) venne deliberatamente cancellato o camuffato: il tetto si frantumò in una miriade di tetti e di tettucci, si arricchì di comignoli e di abbaini, ebbe una frangia di legno torno torno, e un'altra sotto, dipinta in *trompe l'œil.* Anche l'interno venne rivoluzionato (soffitti rialzati, soffitti abbassati, scale e scalette per colmare i dislivelli, ecc.) Dovette essere una soddisfazione per Felicina infronzolare Campale quanto più poté. Tappeti, passatoie di felpa rossa, cose che fossero morbide sotto i passi, ovattate: o comunque, odorose di nuovo, di vernice o di cera. « Non ti dispiace, vero? » se mai la coglieva il dubbio che Baciccino potesse adontarsi di quei cambiamenti. Ma no, a Baciccino non dispiace; o se gli capita a volte di rimpiangere la vecchia casa sgangherata dove veniva da bambino coi fratelli, tiene il rimpianto per sé.

C'è un acquarello della casa appena finita. Ignoto l'autore, un pittore dilettante, amico di famiglia o parente (forse Pippo, fratello di Felicina?) che ha voluto sdebitarsi dell'ospitalità o comunque compiacere la padrona di casa legittimamente orgogliosa della sua creatura. La casa vi appare vasta, spoglia, priva ancora, come tutte le case nuove, di una sua fisionomia: case sulle quali tutto deve ancora accadere. (E nel suo caso sarebbe stato il glicine sulla facciata, il succedersi di strati di intonaco o di pittura sulle persiane che dopo il verde iniziale sono diventate marroni.) Molte finestre sono aperte, sul tetto garrisce la bandiera coi colori di famiglia: segno che i proprietari sono in sede. Zia Felicina infatti vi è raffigurata conversante sul piazzale insieme a un'amica (o parente?): lei in vesti vedovili, l'altra in cappellino a piattello e *tournure.*

In un angolino sulla destra c'era un tavolino di ferro intorno a cui facevano cerchio seggioline dal sedile bombato, a listarelle. Quel cerchio era, allora, in pieno sole: oggi, nello stesso identico punto, l'ombra del noce d'India si mescola a quella del tasso e forma una volta impenetrabile sopra le nostre teste. Bacche rosse cadono dal tasso molli, gonfie di un loro umore dolciastro e acquoso che dicono velenoso per gli uccelli: non mi risulta, in realtà, che nessuno ne sia morto. L'acquarello non ci mostra Felicina e la giovane amica (o parente) prendervi posto, né il domestico arrivare di lì a poco reggendo sul vassoio i bicchieri e la bottiglia con lo sciroppo d'amarene: ma posso immaginarlo. Felicina ha una ricetta speciale per questo sciroppo, e la dà volentieri a chi gliela chiede: la trascriverà per la giovane amica (o parente) nella sua scrittura filiforme su un foglio che però questa dimenticherà in un cassetto della scrivania: è per questo che ho potuto ritrovarlo nel calderone delle carte di Felicina. «... Si prendano cento foglie sane di ciliegia amarena e si mettano in fusione in un litro circa di vino rosso...»

Nell'acquarello Felicina è vestita di nero, sono gli anni della sua vedovanza, anni tristi e nello stesso tempo anni pieni, con tutta l'azienda da mandare avanti e la casa diventata a un tratto così grande per lei. Baciccino non vi occupava molto spazio, però la sua presenza era costante: un respiro che si accompagnava al respiro stesso della casa. Adesso Felicina si aggira per le stanze vuote, e le sembra così inutile aprirle, darci aria; ma va fatto: è sicura che anche Baciccino lo vorrebbe. Niente dovrà cambiare, le ha detto: sottinteso, per te. Ma lei lo applica a tutto in generale, e in particolare alla casa: al modo di vivere (far vivere) la casa.

Si aggira per le stanze, verifica, controlla: già dalla soglia si rende conto di quello che non va. La servitù è bene addestrata ma non si può pretendere che capisca. Se una sedia è messa in quel dato modo, lo è perché è lei a volerla così: lo stesso per un soprammobile, un cuscino. Ci vorrebbe così poco... Felicina è precisa, ogni imprecisione la disturba. Baciccino non la seguiva molto in questo, per lui tutto andava bene. Ma è giusto: un uomo è portato a badare alle cose nel loro insieme, non nei dettagli. I dettagli sono cose da donne: e come era per Felicina allora, così è per me oggi. O forse dico così perché mi viene da attribuire a Felicina un atteggiamento che è anche mio: a vedere in lei, diciamolo pure, un'altra me stessa. Girare per la casa per il puro piacere di girarla... sentirmela addosso come un guscio, un nido, un grembo... Le pareti a smalto sono calde di riflessi, gli ottoni rilucono, lo scalone gira su se stesso col movimento ampio di uno strascico che si avvolge ai piedi di una bella donna. Salire verso zone alte, non abitate e perciò diventate estranee di volta in volta... riscoprire odori dimenticati di carbonella, di ferri da stiro... Di fuliggine anche: col piede respingo verso il caminetto quei bruscoli carbonizzati che ne piovono giù: residuo di incrostazioni antiche, di fuochi accesi chissà quando, chissà da chi... Ho detto «respingo»: ma non stavo parlando di Felicina? Ecco, l'identificazione continua. Devo stare attenta, non è di me che voglio parlare ma di lei.

Stanza dopo stanza dunque, e in ogni stanza qualcosa le parla di lui, del loro comune passato. Non vi ha cambiato niente, non vi cambierà niente: alla morte di Giobatta è stato redatto l'inventario di ciò che contenevano, è la prassi, quando vi è un erede universale (il nipote) e un'erede usufruttuaria (lei). Ma non è solo per questo: Felicina è fedele. Nella camera di Baciccino («un letto in ferro con elastico, due materassi e due guanciali, una scrivania, sei sedie, una tavoletta guarnita...») tutto è rimasto come quando l'abitava lui. Anche i libri, le carte (l'inventario non ne parla), anche la penna nel calamaio. Anche l'odore: finché, entrandovi, Felicina ritroverà quel misto di colonia e di sapone da barba, la stanza sarà davvero ancora la stanza di Baciccino.

Baciccino: così l'ha sempre chiamato. Un nomignolo tenero, buffo: tenero soprattutto. Era Baciccino (non Giobatta) il ragazzone di cui si era innamorata. Ho di loro due un ritratto, l'unico in cui figurino insieme: un dagherrotipo appena decifrabile (per capirne qualcosa bisogna indovinarne il verso) e in quel ritratto lui è un giovanotto massiccio, dai capelli cresputi e l'aria grave, buona, di chi subisce, o comunque è pronto a subire, a prendere su di sé ogni colpa, a darsi, a dare. Invecchiando gli è venuta un'aria severa; barbetta brizzolata, basette e occhialini montati in oro gli hanno aggiunto un'aria da gufo sapiente. E, sarà perché esiste copia di quello stesso ritratto tra i benefattori dell'asilo locale, mi ero fatta di lui, prima ancora di saperne la storia, l'idea del notabile di provincia, illuminato e filantropo, alla cui memoria verrà debitamente intitolata la via principale. Uno di quegli uomini che tendono a defilarsi, non desiderando di più del poco spazio che occupano, accontentandosi del necessario. Unico lusso che si concedeva era quello di un buon sigaro; e, quando era in viaggio, di un bicchiere di « acqua di menta »; invece spendeva volentieri per gli altri, regalava, imprestava; salvo poi, da buon genovese, tener conto sia dei regali che dei prestiti: nel suo testamento, per esempio, trova modo di « legare » alla sua « carissima sorella Lilla » un ricordo di lire italiane mille, e nello stesso tempo ricordarle (e condonarle) un credito che sapeva « aver essa segnato nel suo libro di Conti, per cui desidero che non sia messo tra i miei crediti ed anzi fo a lei con questo scritto ampia quitanza ».

Insomma un uomo mite, un buono: che tuttavia un'unica volta nella vita ebbe uno scatto, e osò opporsi, e sfidare l'autorità paterna – vero delitto, a quei tempi, di lesa maestà. La volta cioè in cui si innamorò di Felicina.

II

UN MATRIMONIO CONTRASTATO

Mettere insieme la vita di Baciccino e Felicina è stato per me un lavoro da entomologo: con metaforiche pinzette provandomi a estrarre da vecchie lettere e altro la loro storia. Che è, essenzialmente, una storia d'amore: diciamo pure, d'un amore contrastato.

« ...Egli è vero che non è nobile, ma è però delle prime famiglie della seconda classe... »

Così Baciccino scriveva al padre riaffermandogli il suo proposito di « non voler limitare la propria scelta matrimoniale ad una sola classe della società ». Proposito audace: non ci si sposava al di fuori della propria classe quando si apparteneva a una famiglia che da generazioni – anzi, come amava sottolineare Gian Antonio, dal 1528 in poi – si era sposata *inter pares.* L'accenno al 1528 non è una data buttata lì a caso: chi conosca qualcosa della storia di Genova sa che quello fu l'anno della cosiddetta riforma di Andrea Doria, riforma con cui veniva allargato il numero di famiglie (o alberghi) preposte al governo della città da 28 a 500: i Raggi fra questi. Il non plus ultra era far parte dei 28, ma anche i 500 andavano bene – diciamo, che far parte di quei 500 era un po' come far parte dei 400 del *Mayflower.*

Ho detto « riaffermandogli »; perché, a quanto risulta dalle lettere, quello stesso proposito Baciccino l'aveva già manifestato al padre l'anno prima. Forse a Torino, dove Gian Antonio risiedeva, o forse (più probabilmente) a Fegino, luogo di villeggiatura che il vecchio – « data l'età e gli acciacchi » – mostrava di preferire a quelli forse più sollazzevoli ma certo più umidi di Castelvero o Badia. In « villa » ci si lascia andare, si è come più sciolti: facile che anche il formalismo di un vecchio gentiluomo come Gian Antonio si stemperasse, perdesse di ufficialità. Tra un grappolo d'uva colto dal pergolato che scende dalla casa padronale a quella del « manente » e un fico maturo raggiunto e scrollato dal ramo con la mazza d'ebano per essere gustato pensosamente tra gli odori sfatti dell'orto e i ronzii delle vespe, Baciccino sarà stato incoraggiato a esporre – o a tentare di esporre – al padre le sue intenzioni. Senza mai esplicitamente fare il nome di Felicina: però pensandola, e dunque (in seguito) con la convinzione di averlo fatto. Resta da vedere se Gian Antonio avesse raccolto: del che dubito. Niente, sulla sua faccia serena e imperturbabile, deve aver dato segno che l'avesse fatto. « Ciuviâ?... » (pioverà?) La domanda, divagatoria, accompagnata da un'occhiata al cielo dove si addensano nuvoloni, dev'essere stata tutta la sua risposta.

Adesso – siamo a febbraio – Baciccino torna alla carica; questa volta per scritto.

« Carissimo signor Padre... »

La lettera è la prima di un carteggio fitto e convulso che si svolge tra il febbraio e l'agosto del 1841: ma probabilmente Felicina non ne seppe niente fino alla morte del marito. Solo allora, facendo lo spoglio delle sue carte, dovettero capitarle tra le mani quei fogli ingialliti: dovette avervi riconosciuto la grafia storta e nervosa del marito, quella tremolante e un po' inclinata del suocero.

Conosceva i retroscena del suo matrimonio, però solo fino a un certo punto: Giobatta era sempre stato piuttosto reticente. E adesso eccoli qui, nero su bianco. Scorrendo le lettere devono esserle tornati alla mente volti, luoghi dimenticati. L'angolo delle Vigne dove si appostava Baciccino per vederla passare all'uscita della messa – c'era una pila dell'acqua santa e una volta lei vi intinse un dito e glielo porse – come un offrirsi a lui sulla punta del dito... La faccia di Madame, sempre preoccupata di non perderla di vista... Le tavolate di famiglia presiedute da Giuseppe Oneto padre – viso paonazzo, strozzato dal solino e da una tendenza, che alla fine gli sarebbe stata fatale, alla congestione... « Tu quel giovane faresti meglio a lasciarlo perdere. » Giacché neanche per lei le cose erano state facili. Gli Oneto erano gente concreta, per loro il blasone era importante ma più importanti ancora erano i soldi, e la capacità di farli fruttare: e, per l'appunto, né Gian Antonio né il fratello Filippo si erano dimostrati all'altezza. Gian Antonio, ex Ministro delle Finanze di Carlo Felice, aveva combinato tali e tanti pasticci che il suo successore Carlo Alberto si era visto costretto a destituirlo. E da chi non era stato capace di amministrare il patrimonio pubblico, come aspettarsi che sapesse amministrare convenientemente quello privato?... In casa Oneto si rideva della sua disgrazia come si rideva della sua distrazione: a Genova circolava una storiella secondo la quale una sera lui si sarebbe presentato a Corte con un candeliere in testa al posto del cappello. A me l'aveva raccontata mio nonno col divertimento leggermente dissacratore col quale era solito diffondersi sulle pecche, più che sui meriti, dei propri antenati (ricordo come facesse arrabbiare mia nonna, che a quegli antenati – ancorché acquisiti – teneva invece moltissimo, elencando i vari Porchetti e Strigliaporci che figuravano nella genealogia dei Salvago).

E così per me Gian Antonio si configurava nell'immagine un po' patetica di questo vecchio signore aggirantesi per sale e saloni con una candela accesa in testa (ma non gliene sarebbe sgocciolata cera bollente sulla fronte?...) e il sorriso placido e imperturbato che gli conoscevo dai ritratti: uno in particolare, in bianco e nero (incisione? puntasecca?) in cui compariva in tutta la sua pompa di alto dignitario, placca dell'ordine dei SS. Maurizio e Lazzaro portata « sull'abito al lato sinistro » come prescritto dal cerimoniale.

Un uomo strambo, e tuttavia ancora capace di incutere rispetto: non tanto per sé quanto per ciò che rappresentava, e cioè quella classe di mercanti-banchieri che aveva formato l'ossatura della Repubblica, aveva armato eserciti, prestato oro a potenze straniere, trattato con imperatori e re; e, se oggi non contava più, pure qualcosa dell'antico prestigio i suoi discendenti se lo portavano ancora addosso: così un abito tolto dalla naftalina continua a essere impregnato del suo odore.

Anche gli Oneto erano banchieri: ma la loro ascesa, troppo rapida e comunque troppo recente, suscitava comprensibile diffidenza nei genovesi.

« Venuti a Genova sotto suspicii assai spinosi, e non da

anni molti», scrive di loro Gian Antonio in una lettera al figlio: dove, anche più dei suspicii (che d'altronde non spiega: uno di quei «si dice» che i genovesi amano ammantare di un cauto «m'an vôsciu dî», m'han voluto dire), è il fatto di essere «venuti» a Genova, di non risiedervi cioè, di non esservi nati, a riuscirgli sospetto. Un «foresto»! In una città dove tutti si conoscono, dove tutti sono in qualche modo parenti, il «foresto» non poteva non venir guardato con diffidenza: chi sarà, cosa vorrà... istintivo, oltre che scaramantico, il gesto di toccarsi la borsa.

Gli Oneto, per la verità, non sembravano voler niente da nessuno. L'essere «foresti» non aveva impedito loro di ambientarsi perfettamente nella Genova primo Ottocento, tanto che nel giro di due generazioni li troviamo solidamente affermati non solo nei salotti «bene» ma anche nella zona di Banchi, che è come dire il cuore pulsante della Genova degli affari, cuore che pur se un po' affaticato, un po' provato dai recenti dissesti, stava riprendendo a battere: e questo, bisogna dire, grazie soprattutto all'apporto di sangue nuovo sotto forma di capitali e di iniziative esterne, o «foreste», estranee insomma alla mentalità tesaurizzatrice del genovese tipo, nobile o borghese che fosse: in altre parole, grazie ai vari Oneto di ignota provenienza, disposti però a investire nella città iniziative e capitale.

Dal periodo albertino in poi il nome Oneto ricorre spesso nei testi di storia economica; l'ho ritrovato a fianco di quello dei De la Rüe, dei Massone, dei Parodi, dei Rubattino, eccetera: e cioè di quanto vi era di meglio nel ramo dell'alta finanza. E il loro status è quello della buona, agiata borghesia: palazzo in città (nel loro caso, in salita Santa Caterina), villa in campagna (nel loro caso, Sestri), tenore di vita conforme al proprio reddito (elevato).

Poteva bene Giobatta, scrivendone al padre, definire Felicina «persona di condizione civile, appartenente a famiglia che figura nel commercio e che frequenta la più alta e nobile società»: lì, appunto, l'aveva conosciuta.

DOVE, di preciso non so: ma posso immaginarlo.

Nel salotto di conoscenti comuni, magari di una vecchia parente che amasse circondarsi di nipoti o cugine in età da marito. Possibilmente uno di quelli dove si faceva musica: Felicina ha un forte senso musicale (troverò i suoi spartiti rilegati in tela verdolina col suo nome impresso in oro) e Baciccino suona il flauto: niente di meglio per far scoccare tra i due la fatidica scintilla. Felicina ha sedici anni, non è bella (« di non straordinaria ma mediocre bellezza », ammetterà Baciccino descrivendola al padre) ma evidentemente è un tipo. Alta, viso lungo, denti che si indovinano grossi e un po' sporgenti malgrado la cura costante di ripararli dietro le labbra chiuse: così nelle foto « formato visita » che ho ritrovato. Il genere di ragazza seria, assennata, che poteva attrarre Baciccino: da quelle più vivaci, più sfarfallanti e sfrontate, sicuramente rifuggiva. Descrivendola di « non straordinaria ma mediocre bellezza » avrà anche voluto mostrare al padre di non badare tanto alle sue doti fisiche quanto a quelle morali; e parlerà di « grazia », di « buone maniere »: parole convenzionali, diciamo pure generiche, che però dovevano costituire una sorta di lasciapassare per una ragazza sulla quale si avessero mire matrimoniali. Certo non posso pretendere di « vedere » Felicina attraverso quelle parole: lei, il suo modo di muoversi, di entrare in una stanza, di sedersi o alzarsi dal pianoforte. Eppure di quello lui si era innamorato. Era entrato in quel salotto, e c'era lei, seduta fra le altre: e tuttavia così diversa dalle altre che, solo al vederla lì, qualcosa in lui si era sciolto, il sangue aveva preso a fluire in modo diverso, impetuoso e allegro, anche la sua lingua si era sciolta, si era ritrovato, lui per natura così timido, a parlare con lei come se l'avesse sempre conosciuta: e quante cose si erano scoperti in comune! quanti pensieri, che credeva di esser lui l'unico a pensare, ritrovava invece – miracolo! – espressi (e quanto meglio! con quale garbo, misura e acutezza) dalle sue labbra!

Questo suo muoversi così cauto, questi « sondaggi » fatti col padre, prima a voce, poi per lettera, dicono quanto in realtà un matrimonio fra lui e Felicina fosse contrario alle regole. E Gian Antonio infatti gli fa osservare come lui per primo, col passar degli anni, si pentirebbe di essersi imparentato « con persona di ceto inferiore ». Può essere bruciato a Baciccino sentir definire così la sua bella: d'altra parte, erano o no gli Oneto nel commercio?... e dunque, vada per « ceto inferiore »...

Comunque, fino a questo punto il tutto resta nei limiti dello scontro verbale: bonario da parte del padre, rispettoso da quello del figlio. « ...Ella è la prima persona a cui parlo di quest'affare, e che interrogo per sentire il di Lei parere, che spero non mi sarà contrario, non volendo io muovere pedina senza che V.S. ne sia informato, o che da V.S. io abbia avuto consiglio... » scrive Baciccino: persino un po' untuoso nella sua deferenza. Così come d'altra parte una compunzione da tartufo pervade l'esortazione di Gian Antonio a raccomandarsi a Dio: « ...perché se ciò è necessario in tutte le occasioni, lo è ancora di più trattandosi di una scelta dalla quale dipende la felicità di una vita tutta ».

Ma sotto questo sfoggio di amabilità si avverte la volontà ben ferma di entrambi di non spostarsi di un'unghia dalle proprie posizioni. A Baciccino preme il consenso del padre per poter iniziare i pour-parlers con la famiglia Oneto e lo reclama su tutti i toni: lagnoso (« ...non so darmi ragione nel veder priva di risposta la mia ultima scritta nella scorsa settimana in cui pregavo V.S. di darmi a quanto Le proponevo il di Lei consenso... »), caparbio (« ...supplico la bontà di V.S. a non oppormi ostacoli che mai mi farebbero cambiare opinione... »), ricattatorio (« non è mai a vedere che Ella voglia interamente perdere un figlio a V.S. affezionato »), ecc.

Gian Antonio invece è fermo nel suo diniego.

« Consenso si dà quando ciò che si crede e approva lo si trova giusto, conveniente e doveroso... » Lui non lo trova così, onde per cui « non havvi luogo per me di chiedere, o far chiedere, quella figlia a tua sposa ».

Giocherà molto, di qui in avanti, il diverso modo di

interpretare quello che l'altro dice, un continuo – voluto o meno – equivocare. Voi avete detto questo, no io non l'ho detto, o se l'ho detto volevo dire quest'altro, e così via. Ogni volta che rileggo quelle lettere, vengo presa da un senso di sgomento di fronte a questa molteplicità di sfaccettature. Nemmeno gli atteggiamenti più risoluti sono definitivi. Sono dei no che diventano dei ni, poi dei ni che vengono presi per dei sì, dopo di che si torna al no iniziale, e tutto sembra ricominciare daccapo.

E POI, non è neanche vero che tutta la difficoltà stesse nella disparità di ceto (o censo) tra le due famiglie: più mi inoltro nella lettura più mi rendo conto che era soprattutto una questione di soldi. A quanto l'ammontare della dote di Felicina? a quanto quello dell'appannaggio a Giobatta?

Per parte sua, grazie alla mediazione del solito religioso preposto a questo genere di « esplorazioni », Baciccino è in grado di riferire al padre il preciso ammontare della dote di Felicina: centomila lire nuove piemontesi, cioè lo stesso identico importo già corrisposto da Gian Antonio a ciascuna delle sue quattro figlie. Su questo punto, dunque, non dovrebbero esservi discussioni. Il problema, invece, è far sputare al vecchio la cifra che assegnerebbe a lui. Per quanto richiestone mille volte, Gian Antonio nicchia.

A lui certo i soldi non mancano, la sua famiglia ha messo insieme nel corso dei secoli una fortuna di cui forse né lui né il fratello conoscono l'esatto ammontare: il loro padre Anton Giulio aveva, nel 1787, cioè prima della Rivoluzione, un « attivo patrimoniale di 2,2 milioni di lire, di cui il 41% era costituito di titoli, mutui, e censi, il 39% era formato di immobili, e l'11% era rappresentato dal capitale netto investito in operazioni commerciali, industriali e armatoriali ». Poi, è vero, la Rivoluzione spazzò via tutto questo, Napoleone fece il resto, fu uno sconquasso generale; ma siccome tutto è relativo, anche privati dei crediti con l'estero, ai Raggi rimase non solo di che vivere, ma di che farlo senza eccessivi pensieri. Adesso Gian Antonio è a Torino, accudito dalla figlia Marinetta che gli è tornata in casa dopo una sfortunata vicenda matrimoniale; e la sua pensione di Ministro di Stato, sommata ai suoi redditi, gli consente di passarsela da gran signore. Ma per tipi come lui tutto è precario, la miseria è in agguato, e basta che si profili una spesa imprevista perché subito diano in smanie. « ...Al momento non ho per mio fondo cassa che 400 lire, e con queste », scrive al figlio Giulio, « devo pagare lire 90 prezzo della Biada comprata ieri per i cavalli; sempre oggi, che è mercoledì, a Simone il conto delle spese di cucina e quelle portate nel libro delle spese diverse – farò ugualmente saldo di spese Sabbato venturo, ma non son certo, che le 400 lire che oggi ho, arrivino a ch'io possa saldare i conti di Simone il dì Mercoledì venturo... » E conclude: « ciò ti serva di regola per mandarmi o portarmi o mettere nel cestino dei pesci che son solito ricevere qui il Venerdì mattino, quello di cui potrai disporre, acciò non faccia la bancarotta... »

« ...Che se poi », e qui con petulanza si rivolge a Baciccino, « tutti i miei figli pretendessero fare come te [leggi, ammogliarsi] non potrebbe la nostra Casa mantenersi in quello stato di decente agiatezza in cui grazie a Dio si è tenuta, ma prevedo verrebbe a trovarsi in strettezze grandi... »

A parte che al tempo in cui scriveva queste parole almeno sette dei suoi figli erano sistemati (chi sposato, chi prete, chi frate cappuccino), non era pensabile che i tre rimasti, cioè Giobatta, Francesco e Giacomo, volessero restar celibi solo per far piacere a lui. Ma evidentemente l'insistenza di Baciccino lo faceva sragionare. Ah i figli, i figli...

Finché era vissuta sua moglie – Dio l'abbia in gloria! – la paternità non gli era molto pesata, della loro educazione si era sempre occupata lei e d'altra parte lui era un uomo troppo importante, troppo preso dalla cosa pubblica per potersi dedicare a quella privata. In casa del resto erano tutti consapevoli della sua importanza, e della considerazione in cui veniva tenuto a Corte: quando ne tornava era come se si portasse addosso (sul mantello, sulla marsina arabescata) la splendidezza e il fasto di quelle sale, di quei corridoi: ne rifulgesse addirittura, dalla cima della fronte sguarnita alla punta degli scarpini: i quali, per aver percorso la sterminata lunghezza di quelle sale e di quei corridoi sembravano muoversi ora con una grazia nuova: a passettini quasi di danza. « Sì signor Padre, no signor Padre » – e che gli baciassero la mano: altro da loro non ha mai preteso. Dei loro affari di cuore non ha mai voluto curarsi; se a volte dietro una porta gli capitava di sentir ridere o bisbigliare, passava oltre, svelto: un rifuggire da cose ignote e vagamente inquietanti dalle quali un uomo è bene si tenga lontano. La morte della moglie l'aveva privato non solo di una fedele compagna ma del baluardo levato a difenderlo da quelle cose: si era ritrovato di colpo nudo e scoperto, come un malato di petto in piena corrente d'aria. Di qui il bla-bla quasi isterico di fronte alle pretese dei figli.

Ma anche a Baciccino a questo punto cominciano a saltare i nervi. « Io per la verità credea che l'uomo nascendo contraesse gli obblighi che all'uomo competono, ma che non contraesse alcun obbligo di lusso e di decoro al di là della sua fortuna: quanto a me, credo piuttosto al decoro che può derivare da un saggio vivere senza essere molesto o dannoso agli altri, per cui aborrirei dal vedere fratelli menar vita meschina o privati del diritto che Domineddio accordò a tutti indistintamente, per essere io in grado di avere carrozze e cavalli e lunga fila di servi... » con chiara allusione al trattamento toccato al primogenito Giulio, proprio in quanto tale.

Comunque, la cifra del suo appannaggio non viene fuori. A richiesta di Baciccino, Gian Antonio tergiversa, e almeno una cosa è chiara: che per lui fare una cifra significa far dei conti, e far dei conti significa addentrarsi in quel ginepraio che è diventato, a questo punto, il suo stato patrimoniale. Da anni le scartoffie si ammucchiano sulla sua scrivania, plichi irti di cifre, cifre che ballano e si confondono dietro le lenti della sua lorgnette quando si prova a guardarli. Gliene veniva paura e disgusto. Via, via. Purché l'intendente di turno gli facesse vedere dei soldi ogni tanto, che il manente gli portasse i « pendizi », che il vicino con cui era in lite gli facesse omaggio di una lepre a Natale... La vita di un ricco è complicata e semplice nello stesso tempo, e spesso a complicarla sono le cose futili, quelle di un certo peso si tende a scrollarsele di dosso – vedremo, faremo: Gian Antonio era maestro nell'arte del rimandare.

Baciccino freme. « Io », scrive, « non debbo entrare nei calcoli del Suo patrimonio, solo le rammento che sono io pure suo figlio, e che senza nulla pretendere desidero quello soltanto, che può bastarmi a sostenere il peso del mio nuovo stato... »

È la lettera in cui accenna a un suo raffreddore, e questo mi ricorda che siamo a marzo, e che marzo a Genova può essere molto freddo, con la tramontana che si infiltra da logge e vetrate, un mare color dell'ardesia e ondicine bianche che lo arruffano come una carezza contropelo. Dalle sue stanze del palazzo di via del Campo, Baciccino vede le chiome delle magnolie stormire nel vento, e deve sembrargli di essere lui stesso una foglia in balia della volontà, o dell'arbitrio altrui. Si è infatti – estrema risorsa – rivolto allo zio Filippo: il quale, secondo il suo solito, trova il modo di non pronunciarsi. Non avrà sempre avuto l'espressione arcigna del ritratto: avrà pur sorriso qualche volta, o sbadigliato, o storto la bocca nel radersi: però mi è difficile sottrarmi dall'impressione di quello sguardo che dagli occhialini di vetro mi segue per tutta la stanza: sguardo di biasimo, di generico malcontento. Anche il labbro pendulo esprime disapprovazione. È chiaro che ha dimenticato cosa voglia dire esser giovani: e poi l'amore, l'amore...! « Anche per la cura che dovete al vostro individuo, vi esorto a calmare il vostro spirito troppo ardente: e la Religione è la sola che possa farlo in modo efficace... »

Parole come uno spegnitoio, per attutire, per smorzare. Parole suasive, evasive. Baciccino, sant'uomo, verrà ricordato dai suoi discendenti come esempio di virtù cristiane: un galantuomo che mai avrebbe fatto male a una mosca. Ma proprio perché era un buon cristiano – e lo era d'istinto, così come uno è portato alla matematica più che alle lettere – non sopportava invece chi si fingeva tale per tornaconto, e tirava in ballo la religione per mascherare egoismi e grettezze che con la religione han ben poco da fare. Guai a voi Scribi, Farisei e Ipocriti!... E dovrà dir la sua: vibrando di quello sdegno, la dirà male, in una bozza di lettera che difatti non verrà spedita. « Non capisco », suona la lettera, « con quanta Religione si possa impedire a uno di prender moglie! anzi confesso che un siffatto procedere mi rivolta, e mi fa dubitare di quelle cose che succhiai da ragazzo e che riguardai finora come vere e sacrosante. E poi mi si viene a parlare di Religione! e questa mi si va porgendo come verità unica, dove io debba rifugiarmi percosso dall'ingiustizia degli uomini!... Posso io credere che chi mi porge tali sentimenti abbia vera credenza in Dio?... »

Molte saranno le bozze di lettere non spedite in quel periodo. Lettere buttate giù nell'impeto della collera o della disperazione: di notte magari, quando l'insonnia rende i pensieri lucidi e acuminati, e per fissarli sembra non occorra che alzarsi dal letto e mettersi a tavolino. Io me lo figuro, Baciccino, barba lunga e sguardo allucinato, una coperta sulle spalle: tossisce, e la lucernetta a olio manda bagliori che danno alla scena una sorta di rattenuta violenza, quasi che l'arredo stesso partecipi della sua agitazione. Ma poi viene il mattino, viene quel gelo che si diffonde nel cervello e nelle ossa, quell'insensibilità, o ottundimento, che allontana dalla realtà delle cose; e allora lo sdegno è un puntello che non serve più. Quelle lettere restano lì per pro-memoria, potranno, chissà, servire da traccia per altre lettere da elaborare in seguito, con più calma: Baciccino non lo sa, ma molte ancora gli toccherà di scriverne prima che la sua vicenda volga a buon fine.

Intanto – siamo tra il marzo e l'aprile – Baciccino prende una decisione drastica: andrà a Torino a parlare al padre. A Torino la prima persona in cui s'imbatte è sua sorella Marinetta, faccia difficile anche lei come il signor Filippo: nessuno è mai riuscito ad andarci d'accordo. Lo accoglie senza entusiasmo (è il solo momento in cui la sua faccia dalle labbra sottili compare in questa storia) e lo introduce nel gabinetto del padre. Il colloquio, cominciato con toni pacati, degenera subito in alterco. Con l'orecchio incollato alla porta, Marinetta cerca di indovinare quel che si dicono: e le labbra devono fremerle di un piacere cattivo. Non ha niente contro il fratello, ma le proprie disavventure coniugali la indispongono verso chiunque creda in un matrimonio d'amore: sciocchezze, direbbe; solo che lo direbbe con un'espressione genovese molto più grossolana: da quando è tornata in famiglia, Marinetta si abbandona volentieri a espressioni grossolane, così come non fa mistero di preferire ai salotti le stanze della servitù: la buona società torinese è severa verso le donne separate, e lei d'istinto ha assunto nei loro confronti un atteggiamento di sfida. Cosa sta succedendo dietro quella porta? Di lì a poco le toccherà staccarsene con un balzo e aderire alla parete per non farsi sorprendere dal fratello che ne esce e scompare nel corridoio a lunghe falcate furiose: e invano aspetterà che il padre la chiami e le racconti. Gian Antonio infatti non le darà questa soddisfazione.

La riserverà a me, nella lettera con cui, quella stessa sera, rammenterà – e rinfaccerà – al figlio, l'accaduto.

« ...Quando ti alzavi dalla seggiola vicino a me al tavolo rotondo e ti fermavi sulla porta dicendomi queste precise parole: io me ne vado, ella non mi vedrà più, credevo di avere in lei un padre, ma trovo un tiranno, – io nulla risposi. » (Tiranno: eppure, nello scriverla, la parola dovette bruciargli: sul foglio ingiallito la sua grafia di vecchio sembra farsi, se possibile, più arzigogolata e contorta: il pennino sembra impuntarsi e stridere sotto la spinta di un'emozione alla quale non è permesso altro sfogo: l'inchiostro addirittura passa il foglio da parte a parte.) « Tu per la verità », continua, « eri molto agitato: e voglio credere che non ti ricordi di quel che dicevi. Nemmeno io », soggiunge magnanimo, « voglio ricordarmene. »

Così la scena cui Marinetta vorrebbe avere assistito rivive per me attraverso le parole del padre: la seggiola, scostata con tanta forza da finire a gambe all'aria; la porta raggiunta d'un balzo, e dalla porta, quelle parole pronunciate con l'enfasi delle cose estreme: « me ne vado, ella non mi vedrà più! »

Nemmeno io, scriveva il vecchio, voglio ricordarmene: invece proprio la minuzia di particolari dimostra come tutto di quella scena gli fosse rimasto impresso. E se quella notte gli sarà capitato di svegliarsi per qualche motivo, le immagini rifiutate l'avranno visitato suo malgrado, e come un film rivisto alla moviola saran passate e ripassate dietro le sue palpebre, instancabilmente.

E INVECE il colloquio di Torino qualcosa smosse, fece lievitare: in senso positivo voglio dire. La settimana dopo, infatti, Baciccino già scriveva al padre inneggiando alla sua clemenza e al suo buon cuore: lui stesso col cuore in mano, pronto a offrirglielo insieme a quello dell'amata con parole di gratitudine che suonerebbero persino eccessive, se non venissero dopo quelle – angosciose e febbrili – delle lettere precedenti.

« ...Io mai cesserò di porgere vive preghiere all'Altissimo perché conosco di quanto sono ad Ella debitore, e spero che fra breve a queste preghiere si uniscano quelle della giovane fatta mia sposa, che probabilmente saranno meglio accette in Cielo perché proferite da labbro più puro e accompagnate da cuore più candido del mio... » E conclude esprimendogli la speranza che egli « possa essere scrutinatore di sue belle Virtù » e dicendosi certo che, « una volta conosciuta, non troverà che sia stato esagerato in queste mie parole ».

Dunque già si parla di Felicina « fatta mia sposa », già si parla di un incontro tra lei e il futuro suocero. Quanto basta perché Baciccino si ritenga autorizzato a frequentarne la casa.

Salita Santa Caterina diventa per lui un nome che gli schiude paradisi, la percorre trafelato, sostando poi fuori del portone a riprender fiato, riaggiustarsi il nodo della cravatta, ravviarsi i capelli. Baciccino ha venticinque anni, è un ragazzone grande e grosso, un po' goffo, con una penosa tendenza ad arrossire nei momenti meno opportuni. Con Felicina discorreva certo più prima che non adesso – voglio dire, quando si incontravano come estranei su terreno neutro. Oggi, il fatto stesso di essere lì in veste di promesso sposo o comunque di uno che è prossimo a diventarlo, lo faceva ammutolire. Ardeva di guardarla in faccia, ma in realtà intorno a lei c'era una nebbia, qualcosa che gli impediva di accorgersi di come fosse vestita o di come si fosse acconciata i capelli. Composta, occhi bassi, Felicina si guarda le mani: due virgole di sorriso agli angoli della bocca sono l'unico segno che tradisca il piacere della sua presenza. Toccherà a mammà, o alla sorella Paola, o a Madame, tener su una parvenza di conversazione. Il tempo, la stagione, qualche piccolo discreto *potin* adatto alle orecchie di due fanciulle, qualche commento sulla stagione teatrale tutta dominata da un Mercadante che ha entusiasmato nella *Vestale*, deluso nell'*Elena da Feltre*: e questo perché sono tutti melomani in famiglia, guai a mancare una prima al Carlo Felice. Fuori delle finestre intanto una Genova di ardesia grigia lievita quieta nel sole di maggio: le cupole verdognole, le torri e i campanili in quella distesa d'ardesia servono da punti di riferimento. Una Genova ancora tutta raccolta entro le vecchie mura, ammassata tra quelle mura che cominciano a starle strette: la costa, un « altrove » buono per la villeggiatura o per le prime industrie (per esempio, una fonderia in ghisa a Sampierdarena) e le ville schierate in riva al mare. Il mare! Ma il mare è fatto per navigarci, tutt'al più quando va a Sestri Felicina può aver percorso una volta la spiaggia incespicando nei sassi e proteggendosi dal sole con un ombrellino inadeguato. Dalla città, poco lo si vede. È intorno, un luccichio tra casa e casa: a volte, nelle giornate di scirocco, un tanfo. Lo respira Baciccino nel percorrere il dedalo di viuzze che lo separano dalla casa dell'amata, ma quel tanfo non lo disturba. Attraversa di corsa quei vicoli, brulicanti di una folla vociante e stracciona, si urta o viene urtato da mulattieri e portantini, viene assordato dalle grida dei venditori o degli straccivendoli. Come un enorme mercato, come un bazar orientale è la Genova dei *caroggi*; e certo per Baciccino, che vi abitava dall'infanzia, quella Genova era familiare come i meandri di casa sua, un luogo da riconoscere al tatto e all'odore. Ciecamente, guidato dall'abitudine, svoltava a destra, a sinistra, evitava un mendicante accoccolato sui gradini, si faceva il segno della croce davanti a un'edicola della Madonna. Su e giù andavano i cestini dalle finestre degli ultimi piani; il cielo, una fessura tra i tetti, svariava dall'azzurro al bianco.

La casa di Felicina è a metà collina, in capo alla salita

il parco della villetta di Negro, più in là i bastioni dell'Acquasola. Luce, spazio, un'aria già quasi di campagna. Scorreva più sotto il Bisagno, largo, ghiaioso, acqua poca ma limpida: e a tendere l'orecchio si sarebbero sentite le voci e lo sciacquio delle lavandaie.

E come tutto questo appare bello a Baciccino in quei giorni! Come lo sente, come lo gode! Senza saperlo, ma come uno che si sveglia al mattino e subito viene immesso nel flusso delle cento diverse cose che ha da fare.

Purtroppo, dura poco: tre, quattro settimane. Il 19 giugno scrive al padre: « Lo stato in cui mi gettò la di Lei lettera ricevuta questamani Iddio solo lo conosce, né ho la forza di esprimerlo. Voglio sperare che un Padre non vorrà più oltre prestarsi a porgere a lenti sorsi la disperazione e la morte ad un figlio... In tanta disperazione, mi è caro lusingarmi ch'Ella sia inconsapevole di un così iniquo procedere, che venne tenuto a mio riguardo, e che mi strazia il cuore in cento modi. Sento senza punto esagerare che qui finisce la mia vita, tutto per me che al mondo solo desideri, è che termini il mio martirio... »

Che cosa esattamente sia successo, quale ragione abbia indotto Gian Antonio a cambiare idea, o – per dirla con Baciccino – « ritornare indietro » (« tre volte Ella mi fece lieto della sua accondiscendenza a quanto ardentemente bramavo da sì lungo tempo, e altrettante volte, col ritornare indietro, mi piantò un coltello nel cuore... ») non si sa. Lo choc per Baciccino è tremendo, non stupisce che abbia pensato al suicidio: « temo ad ogni momento di far colpi disperati, da cui Iddio mi guardi... » e subito dopo – risoluzione ugualmente disperata – alla fuga. Dove, non importa (« dovunque io vada sarò sempre disgraziato... ») pur di fuggire da Genova, allontanarsi da quella città « teatro della sofferta catastrofe ». Perché in essa ormai « tutto è pubblico quel che occorse, e Vossignoria dovrebbe sapere quanto danno ridondi a una ragazza quando un giovane frequentò la sua casa colle viste autorizzate dal Padre a sposarla, e poi ancorché non per sua colpa, venne meno alla parola data... »

A Felicina, il danno, insomma, a lui la beffa. E allora via, via da questa città che contiene « gli autori della sua rovina ». Con che immagino volesse alludere in primo luogo allo zio Filippo, a Giulio (il fratello primogenito) ma soprattutto alla moglie di Giulio, una superbiosa per la quale imparentarsi con Felicina sarebbe stato un affronto, peggio, un'onta al buon nome della famiglia. E poi, chissà a chi altri ancora: vecchie parenti povere ma con la puzza sotto il naso, altre che magari avevano sperato di appioppargli una loro figlia o nipote. Via: Baciccino fa su le sue poche robe e parte.

Parte alla ventura, in tutti i sensi. Tant'è vero che, pur non avendo un passaporto, non gli viene neanche in mente che senza un passaporto non andrà lontano. E difatti lo vediamo, dopo una prima sosta a Tortona (vi era stato da ragazzo, è probabile che vi avesse ancora degli amici), arenarsi un po' miserevolmente a Mortara.

Perché Mortara? Baciccino è portato, dal suo carattere e dalle circostanze, a comportarsi in modo imprevedibile, spesso inconsulto; e tuttavia la scelta di Mortara – ammesso che di scelta si trattasse e non di una tappa d'obbligo per chi, come lui, volesse uscire dagli Stati Sardi – doveva avere una sua precisa ragione. All'atto pratico non portò a niente.

Io, per me, la colloco come una parentesi senza perché nella sua vicenda: una parentesi che, una volta chiusa, si rifiutò poi sempre di riaprire.

« Un gran caldo » « andavo a sentire la banda » « c'era un fiume con un nome strano: Agogna? Algogna?... » Più di questo, Felicina non dovette tirargli fuori.

Se ci pensasse – ma non ne ha voglia –, ricorderebbe le marcite a perdita d'occhio, i gelsi, quei vapori fumiganti a mezz'aria che sembrano impigliarsi nei tronchi come veli strappati. Guardarli, chissà perché, gli faceva venire in mente Felicina. E zanzare, ranocchi... I ranocchi della Lomellina! Ci fu un fattore di casa Raggi che si era messo in testa di importarne a Badia.

E forse ricorderebbe la locanda dove aveva preso alloggio: l'androne a volta, il cortile, il ballatoio esterno come nei cascinali di pianura. Della pianura lombarda: come difatti lombarda è Mortara, anche se da cent'anni fa parte del Piemonte. (1745, trattato di Worms, Maria Teresa d'Austria cede il Vigevanato – di cui Mortara fa parte – al re di Sardegna Carlo Emanuele III...) Sono notizie che può aver raggranellato da qualche testo di geografia trovato nei suoi vagabondaggi per la città. Non per niente vi hanno ancora corso le lire milanesi: e un ammalato che voglia ricoverarsi in ospedale deve ricorrere a quello di Pavia. Lo stesso libro lo informa sui suoi prodotti principali: riso, seta, frumento, ma soprattutto fieno. Quel fieno che è la ricchezza dei paesi lomellini, e di cui si nutrono le bergamine stabili che – sempre stando al libro – « si andarono moltiplicando dal tempo in cui questa provincia venne separata dal milanese... » E gli offre altri dati statistici che sul momento (non avendo altro da leggere) gli avran tenuto compagnia: sulla popolazione della città (5000 abitanti), sul fatto che fosse sede di una « giudicatura di mandamento », di una « vice direzione postale delle Lettere », di un « Commissariato di guerra », di un « regio Ispettore dei Boschi e delle Selve », di un « Ufficio di Verificazione dei Pesi e delle Misure » ...Ma è anche città di guarnigione: con un presidio di « 40 uomini di Infanteria e quattro carabinieri reali a cavallo comandati da un Maresciallo d'Alloggio »: spingersi fino in piazza d'Armi a vederne le evoluzioni, uno dei pochi svaghi che si sarà concesso.

Non vorrebbe invece ricordare – e forse ha dimenticato – le lettere che da Mortara ha scritto al padre e allo zio; anche quelle destinate a essere ritrovate poi da Felicina. Sono lettere un po' deliranti, la differenza con le altre sta nella certezza di avere ormai perduto Felicina e con lei ogni interesse e scopo nella vita: in cui ormai non gli resta che cercare di sopravvivere alla meno peggio. « Mi lusingo sul di lei cuore perché voglia concedermi quel tanto da comprarmi il vitto necessario e che ora ho ristretto ad un solo e parco pasto al giorno... » È in fondo ancora il figlio di famiglia alloggiato e spesato dal padre: ma il trimestre che questi gli passava non può bastargli a mantenersi fuori casa. Ha un bel dire « non mi spaventa la mancanza di denaro perché sempre potrò supplirvi finché avvi due braccia che non si ricusino di lavorare per procurare pane al mio stomaco... » in realtà Baciccino ha idee assai poco chiare sul lavoro e sui mezzi per procurarselo, e se lo tira in ballo è solo per impietosirlo sul suo stato. Del denaro, e un passaporto per potersi rifare una vita altrove: queste le sue richieste: reiterate, insistenti, piagnucolose. Oggi, leggendole, ne sorrido; è facile: quale ragazzo di venticinque anni dipenderebbe così totalmente dal padre? Comunque, per quel che riguarda i soldi Gian Antonio si dice disposto a mandargliene; non così per il passaporto; e la lettera che motiva il suo no ricalca quella con cui gli rifiutava il consenso. « Non vedo il caso di occuparmi per farti avere il passaporto, tanto più che se lo facessi darei una dimostrazione che approvo il tuo soggiorno in Altro paese, e mi renderei altresì responsabile di fronte al Governo dell'uso che di tale soggiorno tu facessi...» E conclude con l'esortazione a tornare a casa – «che quello è il tuo domicilio» – o, se proprio desidera star solo, a ritirarsi in campagna.

Un soggiorno in campagna è il rimedio cui si faceva generalmente ricorso per guarire le intemperanze dei giovani. A suo tempo anche Francesco, secondogenito di Gian Antonio, era stato spedito in campagna perché meditasse sui suoi trascorsi: politici questi, giacché Francesco, o Checco, era un liberale, un «testa calda», un «discolo», di quelli che avevano preso parte ai moti del '31 con grave imbarazzo vuoi del padre vuoi dello zio: pare addirittura – la notizia però non trova conferma – che proprio lo zio, allora Ispettore di Polizia, ne avesse ordinato l'arresto. Di sicuro c'è che dovette trascorrere un lungo periodo di confino nelle sue terre, e venne diffidato dal rimettere piede a Genova finché non piacque allo zio di revocare la sentenza.

A Mortara Baciccino passò un mese, e proprio il mese peggiore, quello di luglio: persino il fiume era in secca. Una febbriciattola insidiosa gli fece temere di essersi preso qualche brutto malanno: le sue lettere al padre riflettono questo timore e prendono i toni drammatici o, piuttosto, melodrammatici, che gli erano cari, con ripetuti accenni al suo «corpo malato», alla sua salute «che non fu mai vetusta», ai «pochi giorni» che secondo lui gli restavano da vivere. E praticamente si riduce a non uscir più di camera, dorme o dormicchia sul letto, che chissà se la serva di locanda si sarà ricordata di rifargli al mattino; ritardando il più possibile, per economia, di accendere il mozzicone di candela (sego maleodorante) non compreso nel prezzo della stanza; molestato da zanzare e da pulci; quella del passaporto ormai un'idea fissa, da inseguire come si inseguono i pensieri nel delirio, ora lenti ora veloci, ora come due dita che premono sugli occhi, ora come un boccone d'ovatta tra lingua e palato, insopportabile nel suo fioccoso, quasi palpabile spessore.

Sarebbe toccato al fratello Checco salvarlo da quella « desolatissima » situazione.

A trentatré anni Checco è un ribelle invecchiato (scherzando, dirà: un lupo che ha perduto il vizio); vive in Monferrato, coi suoi fucili e i suoi cani, si cura della terra, ostenta volentieri modi e gusti da campagnolo; l'esilio cui è stato costretto è servito se non altro a fargli apprezzare certi valori sconosciuti a chi vive in città. Verso Baciccino ha sempre avuto un affetto da fratello maggiore, ruvido e possessivo: quando viene a sapere dove si trova, e in che stato, lo invita perentoriamente a « ricoverarsi » da lui.

Per Baciccino la resa, tutto sommato, è onorevole: le sue precarie condizioni di salute (quelle condizioni che, dice, rendono « il suo Individuo bisognevole di ogni Soccorso umano ») gliene offrono ampia giustificazione. Parte in velocifero alla volta di Novi, dove lo attende la charrette del fratello, e trova « ricovero » – nel senso proprio di asilo, rifugio, luogo dove medicare le sue ferite – nella casa di lui. Non ho idea dove fosse: col tempo se n'è perso traccia. In Monferrato: ciò che potrebbe, e forse vuol dire, in qualche remoto cascinale tra Campale e Badia. Genova, comunque, non è lontana: a Baciccino deve sembrare di respirarne, di là dal giogo, l'aria e l'odore. Così, quei luoghi dai quali avrebbe dovuto fuggire per sempre, tornano a farglisi vicini. Lui stesso vi tornerà, prima di quanto non immagini; e la sua storia d'amore con Felicina riprenderà dal punto in cui si era interrotta: questa volta, per non interrompersi mai più.

Le sole lettere d'amore tra Baciccino e Felicina appartengono al periodo del loro fidanzamento. Un periodo di vicinanza (sono a Genova tutti e due) che stranamente le convenzioni trasformano in un periodo di forzata separazione; dall'annuncio del fidanzamento in avanti infatti non è consentito ai giovani incontrarsi: si rivedranno alla firma del contratto di nozze.

E sono giorni lunghi, fatti apposta per attizzare in loro desideri sconosciuti, turbamenti che ingenuamente vengono scambiati per malesseri, malinconie. « Un dolore forte al capo mi impediva di chiudere occhio, un altro dolore morale – più forte – mi rendeva inquieto; e di tale inquietudine che mi faceva febbricitante... » E Felicina a sua volta: « Ho una tale inquietudine che se mi abbandonassi alla tristezza che prova l'animo mio non farei che piangere... »

Le lettere, dunque, come mezzo per alleviare inquietudine e malinconia. Quelle di Baciccino e Felicina le ho ritrovate composte in uno di quei fascicoletti sui quali la penna pignola di Felicina annotava il contenuto. E così la loro vigilia nuziale, sono loro stessi a raccontarmela. A modo loro, con bigliettini scritti di furia perché dabbasso un servitore compiacente aspetta per recapitarli a madamigella o al signorino. Passando indifferentemente dal voi al tu, perché in dialetto si usa il voi e la loro lingua scritta risente di quella parlata. Ma resta comunque una lingua ampollosa, fiorita di espressioni arcaiche prese in prestito (almeno da parte di Baciccino) dai libri. Scrive Baciccino sopra un foglietto istoriato come una letterina di Natale: « Ella è questa la prima volta che a voi diriggo mie righe... la mia penna è ignorante, ed anche quella di un sapiente sarebbe incapace a segnarvi ciò che il mio cuore prova per Voi ». L'impaccio, sotto la prosa ridondante, è palpabile: suscita sorriso e tenerezza. So così poco di loro: e forse c'è così poco da sapere. Due giovani che si amano e che se lo scrivono come possono – e come sanno. « Amica mia più che carissima. » Allora vedo il viso di Felicina imporporarsi, vedo il suo petto florido tendersi sotto il tessuto della veste come se qualcosa – affanno? esultanza? – lo gonfiasse: la lettera, letta una prima volta, ha un significato per così dire immediato, letta una seconda ne prende un altro, più inquietante e più intimo, che la pervade a poco a poco come un'ondata di calore.

Anche a lei quei giorni di separazione sembrano eterni. La casa, vasta e oscura, sembra ritrarsi intorno a lei, farsi estranea: e tuttavia lei sa di esserne il centro, perché, senza che nessuno gliene faccia cenno o si preoccupi di quel che lei può pensare o sentire, è di lei, delle sue nozze imminenti, che tutti parlano, padre nonno e zio, chiusi, assieme agli emissari di casa Raggi, in uno dei saloni più ufficiali e impettiti del piano nobile, che sembrano fatti apposta per parlare di cose impettite e ufficiali.

Anche la sorella Paola è fidanzata, si sposerà tra poco (prima tocca a Felicina, la maggiore) con un giovane, Pippo Casanova, che non ha creato problemi né a lei né alla famiglia: figlio di banchieri anche lui, dunque stesso ceto sociale, stesso tenore di vita. Un'atmosfera complice e amorosa aleggia per la casa come un polline: risatine, bisbigli, scambi di confidenze, di nastri, di consigli, una reciproca collaborazione nell'inventarsi atteggiamenti e acconciature. E, naturalmente, una reciproca connivenza. « Ho lasciato in questo momento Paola, tutta contenta di aver potuto vedere Pippo », scrive Felicina, « e intanto che essi parlavano, io stavo alla finestra con la speranza di potervi salutare, ma non vi ho visto », dove quel « non vi ho visto » così impassibile e neutro maschera male la delusione.

Farsi alla finestra, con dita furtive scostare una tenda, guardar fuori: è storia di tutti i tempi, sempre nuova per chi la vive. Scrive Baciccino: « Oggi passerò sotto le vostre finestre, e cogli occhi dirotti che t'amo, non potendolo dire coi labbri... »

Passerà a piedi o magari (per farsi bello agli occhi di lei) col tilbury giallo canarino che gli ha regalato lo zio Filippo, ormai ammansito e consenziente alle nozze. E Felicina si mostrerà, un istante: oppure non si mostrerà, e toccherà a lui, subito in angustie, chiedergliene il perché: « fui sotto le tue finestre ieri tra l'una e le due, vi passai venti volte senza aver mai la consolazione di vederti... » Mentre lei (i due messaggi si incrociano) si scusava: « mi rincresce non potermi rendere al nostro piccolo rendez-vous, ma ho inglese alle undici, e fino alle una e mezza non mi potrò muovere... » (Ed è strano, persino un po' incongruo, che tutto per lei debba continuare come sempre, come se non fosse una ragazza ormai prossima alle nozze ma un'allieva soggetta a orari e lezioni, e, quel che è peggio, sorvegliata a vista da insegnanti e genitori.) Ma non c'è come una ragazza innamorata che sappia inventare trappole e sotterfugi: il melodramma, da Donizetti a Rossini, insegni. Per Baciccino e Felicina non ci sarà dunque solo la finestra. « Domani andrete al passeggio? » « Domattina dopo la predica vi vedrò... » Felicina va alle Vigne, che è la sua parrocchia: un chiesone, sempre gremito in quei giorni di Quaresima; e tra la folla, con un po' di fortuna, può capitare che ci si trovi vicini, così vicini da sfiorarsi. Foreste di ceri ardono davanti a ogni altare, le volte sono in ombra – alte, ma rese familiari e rassicuranti dalle dorature: grappoli di cherubini ne scendono ridendo e sollevando drappeggi, schiudendo non solo a chi prega squarci di paradiso. Perché certo non prega Baciccino, assorto nella contemplazione di Felicina che col viso tra le mani sembra in preghiera ma in realtà va sbirciando tra le dita per accertarsi che lui sia lì, che la veda o l'abbia vista. E poi, perché si sente in colpa, a fine messa corre via facendo perdere le sue tracce. « Non so quale strada abbiate preso dalle Vigne a casa, non vi ho veduta, e così siete riuscita in quel che volevate! » la rimprovera lui risentito al suo rientro. In realtà quello che vuole lei sarebbe esattamente quel che vuole lui; non per niente lo fugge. Quando la sera rimane sola in camera, va alla finestra e ci resta a lungo, coi gomiti sul davanzale, persa nella contemplazione della città e del golfo, quei bianchi e neri violenti, il cielo terso, il disco pallido, diafano come un'ostia, della luna piena: « il chiar di luna illuminava la stanza, oh come avrei desiderato contemplare con Voi sì bel spettacolo! » Una volta – una sola – acconsente a vedere Baciccino di nascosto. L'incontro è stato combinato con la complicità di Madame e avviene nell'atrio di casa Oneto. Io ne ho notizia dal biglietto che, quasi a prolungare l'estasi di quei momenti, Baciccino le fa pervenire appena tornato a casa: « L'emozione vivissima che provai questa sera nel stringervi la mano, nel dirti che t'amo, fu tale che mi rese convulso dalla gioia... » E, consapevole (ma non pentito) della trasgressione, « Forse » soggiunge « ho mancato alla promessa, ma chi, nella mia situazione, avrebbe potuto resistere? » Deve essere stata la sera in cui le carpì una ciocca di capelli, perché nel premersela « sul cuore palpitante » l'estasi continua: c'è da giurarci che nemmeno quella notte Baciccino avrà chiuso occhio.

Le nozze, fissate per il 26 aprile, sono – dovrebbero essere – una cosa certa; non credo che a quel punto né i Raggi né gli Oneto si tirerebbero indietro. Eppure, in almeno due delle sue ultime lettere, Baciccino sembra temerlo. La stesura del contratto di nozze si sta rivelando più complicata del previsto, ogni momento sorgono contestazioni: si discute sul percento degli interessi dotali, sull'ipoteca su un immobile o un palazzo... sulle spine è Baciccino per la paura che inezie simili (inezie per lui, si capisce!) abbiano a creare intoppi, proprio adesso che tutto sembra sistemato. « La conversazione avuta coll'Avvocato mi agitò assai, anzi mi mise di cattivo umore... » E ancora, a più riprese: « Possa essere questa l'ultima lettera che vi scrivo... »

Il 25, vigilia delle nozze, ha finalmente luogo la firma del contratto: di fronte agli uomini, se non di fronte a Dio, Baciccino e Felicina possono dirsi marito e moglie.

Felicina e Baciccino vengono uniti in matrimonio da Padre Giovanni, fratello di Baciccino. « La sua omelia, mi dicono, fu bellissima », scrive Gian Antonio al figlio: rammaricandosi (più o meno sinceramente) di non aver assistito alle nozze. Perché non volle, o perché non poté? In quegli stessi giorni Torino era in festa per le nozze del principe ereditario con Maria Adelaide, e questo poteva esser stato un motivo. Oppure, l'età: dopotutto Gian Antonio era un vecchio, e l'incomodo del viaggio poteva pesargli. Impigriva nel suo alloggio, la zimarra di velluto, la papalina, le babbucce; la sera, una partitina a whist. Non seccare gli altri, ma nemmeno essere seccato. Ma non c'era verso: ora poi per via di queste feste tutti pretendevano qualcosa da lui, posti per il torneo, posti per la festa a teatro, posti per vedere i fuochi: e la più noiosa, la più assillante in queste richieste è Giovanna, moglie di Giulio; tant'è vero che con tutto il rispetto che ha per lei (una Spinola, mica una Oneto!) a un bel momento perde la pazienza. C'è una lettera sua a Giulio in cui gli lascia capire chiaramente come sia inutile che insista, posti non ce n'è, non se ne trova nemmeno « dicendo che servono per Forestieri che vengono da fuori » – per cui, cara nuora, datti pace.

Intravedo dietro le sue parole quella che dovette essere stata Torino in quei giorni: la capitale così austera, così poco festaiola in genere, trasformata ora dalla vicenda nuziale dei suoi principi, il giovane Vittorio Emanuele e la giovanissima cugina, anzi doppiamente cugina, giacché il padre di lei, l'arciduca Ranieri (viceré di Milano), e la madre di lui, la regina Maria Cristina, erano fratelli.

E allora ecco, a causa di quel matrimonio, la città vestirsi a festa, sfogare la voglia che irresistibilmente, sotto le austerità, le novene e i tridui imposti dal piissimo Sovrano, covava in sé di cose frivole e leggiadre, di bei vestiti, di ricevimenti: ecco ovunque un tripudio di uniformi austriache, di feluche, di pennacchi, di duchesse e arciduchesse viste scendere un po' legnose dai tiri a quattro e di cui, anche a saperlo, pochi sarebbero in grado di pronunciare il nome. C'è persino il

Feldmaresciallo Radetzky, secondo solo alle Altezze Reali in ordine d'importanza: tant'è vero che, non potendo per i suoi impegni a Milano trattenersi nella capitale più di tanti giorni, e non avendo tempo per assistere al Torneo in piazza, Carlo Alberto ne fa allestire espressamente per lui un'anteprima nei giardini di Palazzo Reale.

E, sempre tra le righe, vedo scorrere i pranzi, le cene, i balli ai quali Gian Antonio aveva partecipato di persona o per sentito dire: e la processione della Santa Sindone, il gran finale pirotecnico in riva al Po: la luminaria sembra riverberarsi per un momento anche sulla canizie del vecchio gentiluomo prima di restituirlo – questa volta definitivamente – all'ombra e all'anonimato.

A Genova, dunque, Gian Antonio non va: sarà Giulio, il primogenito, a rappresentarlo. Sua moglie Giovanna non vorrebbe – « ma cosa vai a immischiarti con quella gente... » – perché per lei gli Oneto son « gente », *bourjoisie*, insomma nessuno. Lei infatti si rifiuta di andarci. « Un'emicrania terribile. » Con le mani alle tempie, gli occhi chiusi. È una bella donna, Giovanna; nella penombra della camera nuziale Giulio deve averla guardata a lungo, dibattuto tra la sua sottomissione di marito e l'esasperazione. Di solito era lei a spuntarla, in famiglia lo sapevano e lo irridevano un poco per questo. Un burattino: la parola, non detta, aleggiava però nei loro sorrisi, nelle occhiate e negli ammiccamenti: e gli bruciava come se fosse stata pronunciata in chiare lettere. Ma questa volta dovette averla vinta lui: lo desumo dal contratto di nozze, dove il nome di Giulio figura in luogo di quello del padre. « In luogo », e naturalmente con tutta l'autorità che gliene veniva da apposita procura: cioè, secondo il contratto, nella sua « qualità di Procuratore speciale ad hoc, del sopraddetto Ill.mo ed Ecc.mo signor Marchese Giovanni Antonio Raggi del fu M.se Anton Giulio, Ministro di Stato, Presidente della Sezione di Finanze del Consiglio di Stato, Gran Croce e Gran Cordone della Sacra Religione ed Ordine Militare dei SS. Maurizio e Lazzaro », ovvero con tutti gli attributi e i titoli che gli spettavano, e che comunque era col massimo piacere che il notaio dettava al suo scrivano e poi rileggeva ad alta voce, quasi gliene venisse a lui, da quegli attributi e da quei titoli, un sovrappiù di lustro e di considerazione.

Così, con l'avallo di Giulio per parte Raggi, e dei genitori e del nonno di Felicina dall'altra, si dava atto che il matrimonio veniva contratto « sotto il regime dotale esclusa ogni qualunque comunione di beni », che la dote era stabilita nella cifra, e con interessi tot; molto più vicini entrambi alle pretese Raggi che non alle offerte Oneto: una vittoria questa che potrebbe spiegare il *revirement* di parte Raggi nei confronti di un matrimonio forse poco brillante ma certo più conveniente di altri: i soldi, a Genova come dappertutto, ma a Genova soprattutto, da qualunque parte vengano non hanno odore.

La firma del contratto di nozze precedeva di un giorno – due al massimo – il rito religioso.

Ma, di questo, le carte non dicono niente. Le carte parlano un loro linguaggio arido, burocratico, che deve aver causato non pochi sbadigli a Felicina – sbadigli educatamente dissimulati con uno stiramento di labbra – e solo una tiepida attenzione da parte dello sposo: Baciccino vorrebbe stare attento, ma il profilo della sposa lo distrae, così come le mani di lei, ferme in grembo nella compostezza che le circostanze richiedono, ma in cui si sente lievitare l'impazienza come nell'immobilità di una coppia di colombe sul punto di spiccare il volo.

Ecco allora che la cerimonia resta tutta da inventare.

Fine aprile, un clima pasquale, colori teneri, rosa e verdini. Lieto, perciò: come se anche la natura facesse festa agli sposi. E loro, gli sposi, frastornati, felici: circondati da parenti e amici e festeggiati, sbaciucchiati, fatti oggetto di una trepida, un po' appiccicosa commozione.

Sicuramente ci sarà stato un rinfresco: casa Oneto al suo meglio, tovaglie in pura Fiandra, il vasellame delle grandi occasioni, sorbetti e trionfi di frutta moltiplicati dal gioco degli specchi: al racconto del marito, Giovanna avrà finto disinteresse ma in realtà le sarà bruciato essersi persa lo spettacolo di tanto « spatascio ».

Di parte Raggi, oltre a Giulio ci saran state Lilla ed Eugenia, le uniche due sorelle solidali con Baciccino; Marinetta certo no, e nemmeno Ersilia, tutt'e due, come la cognata, unite nel loro sussiegoso disprezzo verso chi non apparteneva alla loro classe. E poi, naturalmente, Checco: e su Checco si saranno appuntati gli sguardi di tutte le signore. È raro veder Checco a Genova, e le sue apparizioni destano curiosità non tanto per il suo aspetto – decisamente è un bell'uomo – quanto per la fama un po' maledetta che lo accompagna. Ha cospirato, è stato in prigione, un mazziniano – *bon Dieu!* – a nessuna di loro piacerebbe dargli in moglie la propria figlia, però a nessuna di loro dispiacerebbero richieste d'altro genere, da cui ovviamente schermirsi... Teresa Oneto, donna in questo come tutte, è più sensibile forse di altre alla seduzione di quell'uomo così *grand seigneur* nonostante gli abiti frusti e fuori moda, l'unico oltretutto dei Raggi a essersi battuto in favore di sua figlia...

E mi chiedo se quello che accadde in seguito tra i due dopo la morte del marito di lei, Nicola, non fosse in realtà cominciato quel giorno, o comunque in quella circostanza; grazie alla quale si eran ritrovati vicini, e lei aveva potuto dirgli grazie a voce bassa, o con gli occhi soltanto: e lui, turbato dall'intensità di quello sguardo, l'aveva guardata per la prima volta non come la suocera del fratello ma come donna, e basta.

Certo, se Nicola non fosse morto, tutto si sarebbe fermato lì. Un buon amico, poteva tutt'al più permettersi di pensare Teresa: e subito rintuzzare ogni altro pensiero o fantasia. *Se*, appunto, Nicola non fosse morto...

Ma sto anticipando: e c'è qualcos'altro da aggiungere su Felicina e Baciccino prima di passare a lei.

In luna di miele gli sposi vanno a Fegino: su invito, o piuttosto per gentile concessione di un Gian Antonio imprevedibilmente in vena di prodigalità. Sembra, dalle lettere, che egli voglia offrire agli sposi non solo un soggiorno *confortable* (sono parole sue), ma una parentesi romantica, allietata dal « murmure delle acque » e dal « canto dei Rossignoli » (sua anche la maiuscola).

Tutte cose difficili, oggi, da collegare a Fegino. Il palazzo è lì, lo vedo quando passo col treno, un'incongrua presenza in quell'appendice industriale di una città che per espandersi ha dovuto sacrificare non solo la sua costa ma anche il suo entroterra. Zaffate di fumo giallo, miasmi, cisterne di carburanti sulle pendici di quella che fu una campagna domestica, fasce di coltivo, serre, oliveti: questa è, oggi, Fegino. E la casa se ne sta lì, vuota carcassa destinata ad afflosciarsi su se stessa o più probabilmente a venir spazzata via da una ruspa – una ruspa misericordiosa in questo caso, perché non farebbe che toglier via qualcosa che non c'è già più.

Tutto quel che era Fegino devo cercarlo, al solito, sulle carte: eccolo allora, quel poco, emergere pian piano come da uno scritto per il quale si fosse usato l'inchiostro simpatico. Dalle parole « il murmure delle acque » traspare la fonte del ninfeo contro il muro di cinta: muschio e capelvenere, odore di grotta, acqua che zampilla dalla bocca di un putto per spandersi in altra, ferma e buia, attraversata dal guizzo di un pesce rosso. E di conseguenza: Felicina seduta sul bordo della vasca, che vi tuffa la mano. Poi ancora: Felicina che passeggia col marito sullo spiazzo davanti a casa, lui che si piega su di lei, un gesto largo del braccio, protettivo e amoroso. E l'accenno ai « Rossignoli » evoca invece una Fegino notturna, lui e lei che dalla finestra ascoltano quei trilli liquidi, un ritmo discorsivo che presuppone un dialogo; la tentazione sarebbe, zufolando, di risponderv. E il bosco al chiar di luna, le ombre sul terreno degli alberi e dei paletti del pergolato: Felicina che si stringe al marito, in silenzio, paga di sentirne il calore attraverso il tessuto della giacca. I suoi pensieri di sposa; i pensieri di lui: i piccoli passi compiuti giorno dopo giorno verso una più completa, reciproca conoscenza, non solo carnale ma dello spirito. Una donna, non è sempre facile capirla. Ma neanche un uomo, se è per questo. Un uomo è misterioso, un mondo a sé, gravitante in un'altra orbita: nella famiglia di Felicina, per esempio, le due orbite si son sempre trovate a una distanza di anni luce l'una dall'altra. (La maschera falsamente bonaria di suo nonno, il nervosismo che suo padre tradiva facendo crocchiare le nocche – un instancabile esasperante crocchiare che aveva il potere di ridurre al silenzio persino mammà.) Lei ora ha quest'uomo, suo marito, da imparare così come col dito ne va imparando i tratti del viso, mento bocca naso arcata delle sopracciglia. Baciccino non è molto più alto di lei, per baciarlo non ha nemmeno bisogno di sollevarsi sulla punta dei piedi. Sa di colonia, Baciccino, e il suo mento punge un poco; fa niente. Essere sposati è anche questo bruciore sul viso, queste zaffate rosse che si scopre allo specchio e che cerca un po' colpevolmente di far scomparire sciacquandosi con l'acqua fredda: così come preferisce rifarsi lei il letto scomposto al mattino piuttosto che lasciarlo fare alla serva.

Di Fegino, cos'altro? Nel libro spese di Felicina trovo « due abiti di mossolina » comprati in quei giorni, cioè dal maggio al luglio (immagino si trattasse di mussola a fiori, un tessuto estivo, intonato al clima e al suo umore felice, al piacere di uscire in carrozza per far visite o di riceverne a sua volta, di mostrare alle amiche la casa e il giardino col piglio della proprietaria o facente funzione, che è poi lo stesso: dietro al gesto di versare rosolio nei bicchieri o di porgere il vassoio coi dolcetti a piramide c'è la certezza di esserlo, in un futuro nemmeno troppo lontano), e poi una « berta » o « bertella », sorta di corsetto evidentemente non contemplato tra i capi del corredo (altrimenti Felicina non avrebbe avuto motivo di comprarla). Una fantasia, per apparire più bella agli occhi del marito: sa di non essere perfetta, troppo robusta in un periodo in cui va di moda la donna dalla figura a clessidra, maniche rigonfie, vitino, e sottana che comincia ad allargarsi in fondo (pochi anni ancora, e sarà larghissima, resa più voluminosa dai cerchi della crinolina). Berta con pizzo dunque: e i nastri, come un sovrappiù di civetteria. Ma è bello farseli sciogliere da Baciccino la sera, Baciccino che si imbroglia coi nodi, si confonde, suda, alla fine è lei che deve guidargli le dita ridendo, un gioco che si sa, poi, come andrà a finire, abbracciati sul grande letto che cigola, la berta a terra, assieme a tutto il resto...

Con questo, mi sembra di poter chiudere la vicenda nuziale di Felicina e Baciccino per passare a Teresa, ovvero mammà: una digressione che Felicina stessa sembra impormi, con quel suo modo di farmi trovare le lettere nell'ordine giusto, gruppetto per gruppetto. Andare dietro a quest'ordine mi sembra la sola cosa da fare.

III

MAMMÀ

Teresa Tealdi, Teresa Oneto, Teresa Raggi: come immaginare che si trattasse della stessa persona?

Teresa era un nome di famiglia e non solo di quella Raggi ma di tante, tutto l'Ottocento è pieno di Terese (come di Pippi o di Checchi, se è per questo): nome sobrio, discreto; chi lo porta non può essere che una sposa e madre esemplare, comportarsi saggiamente, dire cose sensate, girare per casa col mazzo di chiavi alla cintura, impartire ordini alla servitù con l'autorità di chi, se del caso, saprebbe fare quello che pretende dagli altri, e anche meglio.

Invece la mia Teresa non era niente di tutto questo.

La « mia » Teresa *née* Tealdi, poi Oneto, poi vedova Oneto, infine marchesa Raggi, Teresa madre di Felicina o « mammà », come si firma nelle lettere, stranamente fa eccezione. Basti pensare a quel suo scandaloso secondo matrimonio – con Francesco Raggi appunto, fratello di suo genero! – grazie al quale avrebbe finito per diventare cognata, oltre che madre, di sua figlia! No davvero, Teresa non fa fede al suo nome, non ha niente di saggio o di sensato, ama troppo la vita e tutto quel che la vita offre, anche se non sempre può permetterselo; ma se potesse... oh che guaio nascere con le mani bucate quando si è invece « incatenati ad aver giudizio »! Giudizio: pronunciata da lei la parola già si tinge di un grigio tetro colore, è il freno, il morso che la trattiene come un purosangue costretto ad andare al passo. « Se anche avessi un pozzo di soldi, credi, Felicina, che lo finirei presto presto!... » Questa è Teresa. E invece: « da tutte le parti denaro, ma denaro che non si può più andare avanti... e mi dicono di non spendere... ma io mai spendo per me! che vegeto qui a Milano col mio cappello nero e la mia robe bleue di quattro anni... »

Milano, appunto. Le lettere che Teresa scrive alle figlie vengono da Milano, dove Teresa si è trasferita alla fine del '42 col marito e il figlio più piccolo, Pippino. E a Milano Teresa si sente in esilio, persino la pioggia le sembra « più triste e seccante che altrove ». Se guarda dalla finestra non vede che lucide, nere cerate di ombrelli, lucidi neri mantici di carrozze che rotolano sul selciato schizzando fango sui passanti: e se anche non piove il cielo resta basso, chiuso, mai quegli strappi di azzurro che a Genova possono, da un momento all'altro, cambiare l'umore di una giornata. E allora, ecco, per esorcizzare quel «magone», Teresa scrive. Scrive alle figlie, un giorno all'una un giorno all'altra: e perché ciascuna abbia notizie fresche ogni giorno, le invita a leggersele a vicenda.

Senza Milano, è chiaro, queste lettere non ci sarebbero; e io non avrei modo di seguire le vicende sue e di Nicola (come, più tardi, quelle sue e di Checco) o di sapere come se la stesse cavando Felicina a Genova nella sua nuova casa.

Ma c'è Milano, ci sono le lettere (questi fogli celesti, stretti e sottili: sui quali, per risparmiare carta, scrive anche di traverso) ed è a queste lettere che devo il poco che so di lei.

Teresa e i suoi alti e bassi, quel suo passare in una stessa riga dallo sconforto all'euforia, la filosofia con cui accetta i colpi del destino, il suo spirito di adattamento, la sua tendenza a veder sempre il lato buono delle persone; e ancora: la sua fierezza, il suo orgoglio, la sua generosità, il piacere che le dà il «regalare» più che l'«essere regalata» – questo, ecco, sono le sue lettere: io le leggo, ed è come se la sentissi di volta in volta sospirare, ridere, sdegnarsi: oppure, compunta, disporsi al ruolo di persona «saggia» che a volte, controvoglia, è chiamata a interpretare.

Si introduca quindi Teresa.

Siede eretta, un po' impettita contro lo schienale trapunto della poltroncina: ha i capelli spartiti in due bande, una cuffia, dei nastri, abito a crinolina con collaretta di pizzo – probabilmente la « robe bleue » quando era ancora una toilette da grandi occasioni.

L'occasione, in questo caso, è la posa per il ritratto. Matita, olio, acquarello? non so, non ne conosco l'originale, ma solo la riproduzione su cartoncino formato-visita eseguita a Genova qualche tempo prima di trasferirsi a Milano. Il color seppia, e la mancanza di sfondo, conferiscono alla figura un'aura remota, quasi un alone di lontananza in contrasto con l'immagine che è invece molto netta, molto precisa, e sembra voler uscire di prepotenza da un'indeterminatezza che la priva del suo spessore. Neanche sulla carta Teresa è capace di stare in ozio. Andare, fare, brigare... ma il ritrattista la implora di tenere la posa – ferma, ferma! – e bisogna frenare l'impazienza, adunarla tutta nel groppo delle mani che non si vedono, ma si indovinano compostamente – e un po' polemicamente – sovrapposte in grembo.

Bella, Teresa non è; però attraente; penso che parlando di lei venisse fatto di usare il termine « charmante ». Il viso piccolo, puntuto, è quello di una donna vivace, curiosa, una donna-uccellino dagli interessi solo in apparenza frivoli – pensieri originali, un po' bizzarri abitano in realtà dietro la fronte alta, un po' convessa, pensieri che traspaiono, sia pure in modo disordinato, dai suoi scritti: forse perché non si è mai data la pena di approfondirli. D'altra parte, o si è una *bas-bleu* o si preferisce mimetizzare la propria intelligenza che nei salotti – e nei salotti genovesi in particolare – può essere più d'intralcio che d'aiuto.

Nel ritratto Teresa si avvia verso i quarant'anni, e il dispiacere più grosso che l'abbia marcata finora è stata la morte dei suoi genitori. Li ha pianti, e li piange ancora, ma il tempo ha medicato la pena che resterà annidata in lei; ricordo dolente da smuovere di tanto in tanto come le braci nel caminetto, perché non abbiano a morire: l'età le ha insegnato che per i propri cari quella sarebbe la morte definitiva.

Per il resto ha salute, una situazione economica ancora abbastanza florida e nessuna premonizione di quello che l'aspetta. Potrei inventarmela, questa premonizione, nello sguardo appena aggrondato, nel leggero, indefinibile corruccio tra occhi e fronte, persino nella virgola di sorriso che non riesce (non ancora, non qui) a trasformarsi nel sorriso vero e proprio che il ritrattista vorrebbe da lei; ma barerei.

La Teresa del ritratto è solo una donna che si è stancata di posare e smania di riacquistare movimento e libertà.

Ora che ha sposato le figlie, è tempo per Teresa di preoccuparsi per l'avvenire di Pippino: e siccome a Genova il ragazzo sembra avviato su una cattiva strada, i genitori Oneto decidono di portarlo a Milano.

Non è una scelta casuale: benché nasca Tealdi (« famiglia che figura nel commercio e frequenta la più alta società », come la definiva Baciccino al tempo in cui gli premeva di renderla accettabile al padre), le radici di Teresa sono milanesi. I Tealdi, come tanti genovesi in quel primo scorcio di secolo, avevano trasferito a Milano la loro attività. Erano « nella seta », proprietari dunque di filatoi e filande in qualche zona della Lombardia; e certo anche produttori in proprio della materia prima. Quello della seta fu un commercio fiorentissimo per tutta la durata dell'Ottocento, anche se verso la fine del secolo cominciò a declinare: ma vi erano zone dove, nonostante i segnali negativi, la coltura della seta, e parallelamente quella del gelso, dava ancora buoni risultati. Il Monferrato era di queste: tant'è vero che dopo la morte del marito Felicina pensò di introdurla a Campale. Scrisse addirittura un trattatello in proposito, basato su cose sentite dire o forse anche viste coi propri occhi quando, ospite dei nonni Tealdi, veniva portata a visitare gli immensi cameroni dove, a una temperatura non inferiore ai 18 gradi, si svolgeva il misterioso, brulicante e un po' ributtante processo che va sotto il nome di bachicoltura. « Dalla nascita alla prima dormitura occorrerà aprire ogni giorno di quando in quando le finestre per un momento, onde mantenere l'aria pura e bene sarebbe se ciò fosse fatto anche nel cuore della notte. Bisogna avere un lume a petrolio con tubo a cartoccio il quale lume sarà la spia se l'aria della stanza è nel suo stato normale o viceversa rarefatto o decomposto dal braciere o dalla stufa che ivi si tiene per ottenere i gradi di calorico che si richiedono... »

A Milano Teresa aveva passato la prima giovinezza, aveva visto morire, e sepolto, i genitori, e vi aveva lasciato due sorelle, sposate tutte e due, con frequentazioni in quella che Baciccino avrebbe definito « la più alta società »: ma, soprattutto, a Milano anche gli Oneto erano presenti con una succursale (o filiale, non so bene – magari è la stessa cosa) della loro banca, dove, con miglior profitto che non a Genova, Pippino avrebbe potuto fare il suo apprendistato e bene o male – ma inevitabilmente, più male che bene – portare a termine gli studi. Qui « casa Oneto » diventa « casa Oneto & Raymond »; si delinea la figura di un socio, del quale però non conoscerò che la firma con svolazzo nei rendiconti tra le carte di Felicina, e lo spauracchio della sua autorità più volte agitato da Teresa per pungolare l'amor proprio del figlio: « Raymond è contento di lui... gli dico che Raymond spera molto in lui, e che soffrirei troppo se succedesse il disinganno... » Sede della banca, un non meglio identificato palazzo nei pressi del Broletto, un arredo solido e severo, tramezzi di legno, vetrate, alti scrittoi davanti ai quali gli impiegati dovevano stare in piedi o appollaiati su sgabelli come nei racconti di Dickens (e, del resto, la Milano degli affari non doveva, in quegli anni, discostarsi troppo dalla City dickensiana). Non importa, comunque, saperne di più: lo studio Oneto & Raymond entra nelle lettere di Teresa solo in quanto meta di passeggiate igieniche di Nicola prima, sue poi (« alle tre, facendo bel tempo, andrò allo Studio a prendere Pippino e accompagnarlo alla scherma e al passeggio, questo mi servirà di moto, che altrimenti non uscirò di casa... ») e, oltre a quella, non ha per lei altra funzione.

La voce o, meglio, gli scritti di Pippino sono quelli di un adolescente svogliato, viziato, un po' sbruffone, in cui già si delinea il Pippo Oneto « capo ameno » degli anni '80, col quale mio nonno avrebbe gareggiato in indovinelli e sciarade. Gli piaceva viver bene, esibire cavalli e carrozze come oggi si esibisce la fuoriserie: ho trovato, tra le carte di Felicina, il conto di un certo signor Sala (« Manifatture Carrozze, Milano ») in cui si reclama il pagamento di un broughm, di un poney-chase, di una carrettella, nonché di riparazioni varie eseguite dal 1867 al 1873 per un ammontare di lire diciannovemila, e mai pagate. Ovviamente, le pagò lei per lui: il fatto che abbia conservato il conto ne è la prova, e rivela insospettati e certo rancorosi rapporti tra i due per la disinvoltura dell'uno a piantar puffi e a lasciare che fosse l'altra a pagarli.

Nelle sue lettere alle sorelle, tutto è superlativo. I maestri sono « arcicontenti » di lui; in composizione « va fortissimo »; allo Studio « fa passi da gigante » oltre a essere, nel « copiar lettere e cambiali », già il più bravo. Fatuo, vanesio, la sola cosa cui sembra tenere già allora è la vita di società: essere invitato ai « déjeuners brillantissimi » della zia Emanuela, confondersi, nel parterre della Scala, coi giovinotti attenti più ai décolletés delle signore nei palchi che non a quello che succede in scena... Teresa è scoraggiata, tanti sacrifici per assicurargli un avvenire e nessuna collaborazione da parte sua, nessuna volontà... « Oh perché non sei nata tu Pippo, e Pippo ragazza?... »

Uno dei tanti motivi di *doléances* che ricorrono nelle sue lettere; e ancora quello minore.

L'IDEA di Teresa, comunque, era di fermarsi a Milano un paio di mesi, il tempo necessario per vedere la piega che prendevano vuoi gli studi di Pippino vuoi il suo rendimento in ditta. E già questo doveva sembrarle un'eternità. « Sono qui in casa, e come sempre a Milano sono piena di malinconia... »

Bella sarebbe Milano se si potesse goderne senza problemi di soldi, andare per negozi, a teatro, veder gente. Ma veder gente implica mettere a propria volta a disposizione di chi invita casa, palco a teatro, carrozza. E chi non dispone di casa, palco a teatro, carrozza?... Mai Teresa si è sentita tanto povera come in quei giorni a Milano: « figurati che sono qui col solito cappotto cenerino e la robe bleue e proprio quasi indecente... ma se non ho denari, come fare? » In un'altra lettera medita addirittura di disfarsi del pianoforte – « mobile inutile » – in cambio di qualcosa di più necessario. « Qui spendiamo molto, soggiorno, vitto, maestri, regali... miserie, miserie! » Le poche stanze in cui han preso alloggio devono essere bruttissime, se Teresa le descrive buie, umide, prive di comforts. Dunque: « ristretti e male alloggiati! »; anche se poi, a guardar bene, oltre a lei, Nicola e figlio, il loro ménage si compone di tre persone di servizio più un uomo addetto ai fuochi e alle pulizie. Ma la tetraggine della casa si assomma per lei a quella della stagione, e Teresa più che un'esule si sente una prigioniera.

« Io », dice virtuosamente, « starò la sera in casa, raramente andrò da Mary o da Emanuela... » « Emanuela se starà meglio della sua emicrania andrà a Ometa dai Trivulzio che hanno un pigeon-shooting – gran gente! io non vado, come non vado da nessuna parte... » Un programma di rigorosa austerità al quale farebbe volentieri uno strappo di quando in quando: ma niente da fare, quei pranzi e quelle cene deve rassegnarsi a viverli attraverso i racconti degli altri, dei fortunati – o le fortunate, in questo caso – ai quali è dato viverli in prima persona. Lei, mentre gli altri si divertono, trascorre la giornata a cucire « scossali e sciugaargenti », ovvero grembiuli e strofinacci. Pazienza, ovvero filosofia, come lei dice: « filosofia, ti chiamo ogni giorno!» Sì, è bene, è giusto che sia così, deve essersi detta strappando coi denti una gugliata. Rabbiosamente, in uno di quegli accessi di autoflagellazione che a Milano si van facendo più frequenti.

Sembra a volte che i mali che la affliggono siano per lei una punizione celeste, come quando dice « hai ragione cara Felicina, che noi tutti abbiamo del male fatto da scontare, e io più degli altri... » tanto che per un attimo mi viene di chiedermi: quale male? e perché lei più degli altri? La tentazione di riferire il tutto a Francesco, o Checco Raggi, a questo punto sarebbe forte, però arbitraria: una forzatura di cui non mi sento capace. Come nemmeno, d'altronde, sono capace di respingerla del tutto: in fondo Checco era già in qualche modo presente nella sua vita; esisteva, in un punto non ancora ben localizzato della sua visuale, e non si poteva sempre fingere di non vederlo.

Starsene in casa a cucire scossali e sciuga-argenti potrebbe allora rappresentare per lei una forma di espiazione.

Dopo, nel corso di quel lungo inverno, Teresa deve aver pensato a quel primo mese di Milano quasi con nostalgia. Come era bello starsene in casa a cucire e fra sé, intanto, sognare il ritorno! « E Sestri? » chiedeva alle figlie, « e le mie belle camere di Genova? » Perché a quel tempo ancora non era successo niente.

Lettera per lettera, confronto le date.

Il 1° novembre Teresa va al camposanto con la sorella; si parla di Pippino, che sembra bene avviato alla Oneto & Raymond (« sarà farmi illusione, ma parmi che abbia già guadagnato... »), si parla della casa (« mi dicono superba ») di Carolina d'Adda, che è un'amica della sorella, e un nome di spicco tra le dame dell'aristocrazia. Insomma, tutto normale.

Poi di colpo, da quella lettera alla successiva, un vuoto. Il carteggio riprende il 9; è un mercoledì, sono le sei di mattino, la lettera ha uno stile diverso, una grafia anche, diversa, più contratta e febbrile.

« Dunque mie buone figlie (che se qualche volta siete alquanto distratte so che mi amate!) vi darò oggi le nuove di Papà: se sapeste come si sta in pena! Da venerdì sera che ebbe la replica del suo male siamo tutti per aria, ed ho dormito cinque ore per la prima volta dalle 9 di ieri sera alle due di stanotte... »

Quel venerdì sera erano a tavola, e d'un tratto Nicola aveva balbettato qualcosa – farfugliato piuttosto – e poi la forchetta gli era caduta di mano e lo si era visto abbattersi in avanti, a corpo morto. E da quel venerdì lei non si era coricata più di due o tre ore, « il primo giorno essendo doppiamente pericoloso in questi mali » e lavata e pettinata solo quel mattino.

Una paresi, dunque: e, a quel che sembra, la replica di un primo attacco. Dico sembra, non ho niente di preciso su cui basarmi: potrebbe esser successo mesi o anni addietro; è un fatto che il Nicola che va a Milano è un uomo in precarie condizioni di salute, costretto ad aversi mille riguardi: il ragazzo Pippino infatti lamenta la dieta in bianco (lui la chiama « mangiar liscio ») cui erano costretti, e cioè « tutti i giorni pollo bollito o manzo allesso, e l'unica varietà sta nel servire prima l'uno poi l'altro... »

La penna di Teresa scorre veloce restituendomi il clima di quei giorni, i medici al capezzale di Nicola, i parenti che bisbigliano in salotto, il cappellano chiamato chissà da chi (« ma sapete che parlarono di Sacramenti?... ») e lei e l'Annetta che facevano a turno per « stropicciargli gli arti addormiti » – una fatica, « mie care, da levarci le forze! » Per queste fregagioni (ho ritrovato la ricetta) Teresa usava una mistura di olii balsamici, lavanda, menta, assenzio, ambra grigia, salvia, maggiorana, rosmarino, chiodi di garofano e balsamo del Perù. Chi gliela aveva data? Sua sorella, penso: oppure se l'era scritta quando ancora era a Genova e pensava (sentiva!) che ne avrebbe avuto bisogno. Ora, dopo cinque salassi, « ha pranzato, il braccio e la gamba sempre in cattivo stato... Dio voglia che ritornino bene, dorme adesso, e sembra quieto... »

Anche lei potrebbe quietare, ma ahimè, « siccome le disgrazie non vengono mai sole », continuano le paure « di cui parlai con voi credo una volta ». Scherzato, più che parlato: perché alla sua età, se anche ha un ritardo nei propri affari, l'ultima cosa cui una donna pensa è di poter essere incinta. Scherzi della menopausa, così doveva aver pensato Teresa, buttandola in ridere: e questo doveva essere stato poco prima della sua partenza, non ricordava bene – però sì, di averne scherzato con loro, questo lo ricordava. E adesso: « o che non mi vengono più o che ci sono », cercando ancora, con una certa baldanza, di prenderla in ridere. Nella lettera successiva invece il dubbio è diventato certezza: « e ciò mie care, mi dispera come non potete credere! » La parola « mi dispera » non sembra appartenere al vocabolario di Teresa: ha un suono sgraziato, violento, stride sul foglio celestino come dovette stridere la penna nel tracciarla. Incinta a quarant'anni, col marito più di là che di qua. Non serve molto, a questo punto, invocare la filosofia.

Però poi, senza transizione: « mi rallegro dei divertimenti di Felicina, ora aspetto il dettaglio di quelli di Paola » e ancora: « la Galeppi è stata nuovamente assai ammalata, io mi proponevo di andarla a trovare, ma Dieu dispose... » riuscendo per un momento a dimenticare i propri guai per partecipare ai guai e alle gioie degli altri.

NICOLA migliora, ma Teresa non si fa illusioni: sarà lunga. Sempre di più la casa le si stringe intorno coi suoi muri tetri, il suo mobilio scompagnato, le boccette degli unguenti e dei medicinali. A volte quegli odori le danno la nausea: allora chiude gli occhi e ricorda. Calcola con le dita: ottobre, il suo tempo dovrebbe scadere a giugno, e anche quello sembra così lungo, ma anche così corto: perché prima di allora bisogna assolutamente che Nicola si sia rimesso, e in grado di partire. E se invece non ce la facesse?... La prospettiva di restare vedova sembra sgomentarla unicamente per il suo risvolto economico, sfumerebbe ogni prospettiva per Pippino – « deve dunque restare un asino e perdere il suo avvenire? » – per non parlare della creatura che porta in grembo e che rischia di nascere senza padre.

Ma ce la farà, ce la farà. Teresa si impone di essere ottimista, senza un po' di ottimismo come si farebbe a tirare avanti?

Novembre, dicembre. Mesi tristi, si sgranano tra gli alti e bassi di una convalescenza che mette a dura prova il fisico del malato, e molto più di chi lo assiste. Braccia e gambe stentano a riprendere la loro sensibilità, Nicola non li padroneggia e perciò va imboccato, accudito, mai lasciato solo un momento. In casa si cammina in punta di piedi, si parla a bisbigli, ci si alza « cento volte al minuto per tutto quel che ha di mestieri », cioè sciocchezze per lo più, ma a chi è nelle sue condizioni vanno scusati tutti i capricci. Nicola ne ha molti, è un malato noioso, ora sente un prurito qui, ora un dolorino là, ora sente caldo alla testa, ora batte i denti dal freddo – « insomma non mi lascia respirare un momento ». Teresa non si risparmia, la notte dorme con la porta aperta per poterlo sentire, alle prime luci dell'alba è in piedi e pronta a riprendere il suo « giro di *garde-malade* ». E, negli intervalli, il suo pensiero vola a Genova, alle sue figlie, al suo giardino, alla sua casa. « Longhi mi dice che il mio giardino soffre alquanto, peccato, povere camelie, povere piante... » « Fammi il piacere di dimandare cosa fa Benedetto, se ha zappato sotto gli alberi in fondo alle frutta: se ha fatto bene le cose che lo incombenzai; se il giardiniere vi è più stato; se i garofani soffrono; dimandagli se ha trovato le molle e la paletta del gabinetto; se ripulisce bene tutti i mobili dei salotti e delle camere, se lava la roba di tavola o se invece al solito tutto resta sporco; dimandaglielo da parte mia... »

Col cuore è sempre lì, nella casa di Sestri o in quella di salita Santa Caterina: case che senza di lei sono come navi alla deriva, nessuno che sappia cosa fare o sia in grado di farlo, la sporcizia che si accumula, le erbacce che invadono il giardino.

Adesso, se di qualcosa dovesse accusarsi, questo qualcosa avrebbe un nome preciso, sarebbe l'aver messo sopra tutti i pensieri quello del suo ritorno. Si chinava su Nicola, spiava il riaffiorare della coscienza nel suo sguardo o il moto impercettibile delle sue labbra; ma quel che voleva leggervi non era quel che vi leggevano i medici bensì un segno che le dicesse se sperare o rassegnarsi. E quell'angoscia si traduce nelle lettere in alcune frasi-spia: « Siccome vedo e non m'illudo che sarà lungo il tempo che dovrò passare qui... » « Non prevedo come e quando [Nicola] sarà in istato di tornare a Genova... » « Le notizie di Nicola sono piuttosto migliori, mi pare di essere realmente più contenta; sono più leggeri i disturbi di cui si lagna, la parte sinistra riprende leggermente ma pure è qualcosa, oggi ha mangiato una minestrina con un poco di pollo e l'ha digerito... ma Felicina mia, tutto questo mi sarà di rimedio? io dubito assai che il mio ritorno è ben lontano ancora... » Tutto questo senza però mai azzardare un termine, mettendo solo le mani avanti, quasi per scaramanzia.

Quando a metà dicembre fa una data (« io spero in aprile essere in grado di tornare a Genova ») è chiaro che ha smesso di illudersi: dicendo aprile potrebbe anche dire maggio o giugno, ma potrebbe anche dire mai più.

La vita comunque non si interrompe per una malattia, e passato lo scompiglio iniziale il tessuto si ricompone intorno alla ferita che, se anche rimane, e duole, e a volte sanguina, finisce per venire assorbita nel tran-tran. « Cercherò le due once di lana che vuoi, verde... » « Oggi mentre era qui Emanuela, che Nicola neanche se ne accorse, arrivai dal Fassi per il tappeto di Paola... » « Ricordi non ha la musica che mi chiedi ma procurerà di farmela avere... » « Son tornata da Ricordi, ancora niente... »

Il Fassi, Ricordi... A fatica, come attraverso una nebbia, intravedo Milano. Lo spiraglio però si richiude subito, Teresa non gli dà tempo di farsi strada. È la Milano del '44, si saranno pur viste in giro uniformi austriache, insegne giallo-nere, aquile bicipiti, sbirri... E non si sarà parlato di Verdi, del trionfo dei suoi *Lombardi* alla Scala? O anche per lei, come per tutti i milanesi, c'è posto solo per Donizetti e Bellini? (« È andata in scena la *Linda di Chamounix* con la Tadolini, che piace molto... »)

Cerco nelle sue lettere altri nomi, oltre quelli del Fassi e del Ricordi; ve ne sono pure, e anche di altisonanti: le Kramer (con cui Pippino va a teatro), Rebizzo (sarà proprio stato il marito di Bianca?), i Trivulzio, i Castelbarco, i Somaglia... Per la Gina Somaglia, o meglio per un suo figlio ammalato di pertosse, Teresa scomoda addirittura il domestico di casa Oneto perché « vada in Bisagno a cercare un po' di quell'erba che ci facevamo il decotto per la tosse asinina – se ne ricorderà perché andava sempre a farne provvista, non scordarlo!!! »

Affiorano parole come vescicanti, speziale: isolate dal contesto, vibrano come i tasti di una vecchia spinetta, fiochi e un po' stonati. Parole che sono parte del suo tempo, oltre che del suo linguaggio.

Ma la città, le strade com'erano allora, strette e senza marciapiede, e l'illuminazione, che non è già più a petrolio ma a gas, e dunque una novità per lei (nasceva proprio quell'anno la figura dell'omino che accende i lampioni, il « lampadée »), e la Galleria de' Cristofori sfolgorante di cristalli e di dorature, dove gli eleganti passeggiano come in un salotto... niente, tutto questo resta fuori.

Forse in qualche vecchia gazzetta ritroverei i nomi che lei fa di sarte e modiste predilette del bel mondo di allora: le Carron, le Arbeille (« I cappellini delle Arbeille non restano in bottega più di una settimana »). Teresa si anima sempre quando può parlare di vestiti e di cappelli. Milano detta legge in fatto di moda, Genova invece è così provinciale! « I cappelli quest'anno si portano piccoli, farebbe pazzia Paola a comprarne di quei larghi antichi, è tutta paglia sprecata e poi che brutte teste fanno mai! » Giudizi perentori, sempre: come quando critica la « *cape* Chambéry » comprata da Felicina senza consultarla – « bellissima, però il rosa e il bianco alla tua età è preferibile » – o una sciarpa giudicata « troppo ricca »; stimando invece « superbo » uno scialle blu. « Dunque », si rammarica in un'altra lettera (sempre Felicina la destinataria), « non fosti troppo contenta della tua toeletta? Mi spiace tanto ch'io non potei diriggerla, m'informo qui degli abiti delle eleganti per potere l'anno prossimo guidarvi con gusto nelle scelte, voglio essere giovane per voialtre non più per me... » Ma in realtà a esserlo per sé non aveva mai rinunziato. Giovane Teresa è, e sarà sempre nonostante le malattie, le gravidanze, i sacrifici che le tocca o che s'impone di fare. « Oh quante indennizzazioni dovrò prendermi! » scrive con una sorta di appassionata veemenza. E si può crederle: se le prenderà.

MA Teresa non si preoccupa solo dei vestiti delle figlie. Le danno pensiero i rapporti di Felicina con il clan Raggi: non tanto con il vecchio Gian Antonio (lui sta a Torino e poi dopo il matrimonio ha preso a scriverle lettere affettuose chiamandola « carissima come figlia ») quanto con le cognate: Ersilia sposata Migliorati (« se penso la tua cara cognata, come abbia sempre dato addosso al povero Baciccino invece di prendere le sue parti, mi viene, credimi, una cannonata di rabbia! ») e Giovanna, moglie di Giulio. Ma ecco che per Natale Giovanna invita Felicina nientemeno che a cena (« neanch'io », si stupisce Teresa, « capisco come sia seguito tale cambiamento ») e così, poco dopo, fa lo zio Filippo (« ma come ha fatto », torna a stupirsi Teresa, « dalle eccessive ostilità a passare a tante grazie?... »)

È la Genova bene che finalmente apre le porte alla giovane sposa, sono le damazze in raso e broccato che finora la scrutavano con sufficienza, sono le ragazze da marito amiche di Giovanna e d'Ersilia che le davano della « parvenue ». E, per Felicina, è finalmente l'ebbrezza di sentirsi una di loro, di salire scaloni di ardesia con passatoie rosse non più con la gola stretta dal panico (chi ci sarà? come dovrò comportarmi?) ma con la confidenza di chi ormai si sa di casa.

Questo lo so non dalle lettere sue – che non ho – ma di riflesso, da quelle di Teresa. Trepida, Teresa gioisce dei successi della figlia. « Tu che vivi piuttosto nell'alta società... » La frase, già usata da Baciccino, si illumina qui di un sorriso leggero, pungente e disincantato: è come se la pronunciasse dall'alto di un'esperienza che tutto sommato l'ha delusa. Ma questo non bisogna dirlo: ci arriverà da sé, Felicina, e prima di quanto non creda. Si goda per ora il suo momento magico. « Come ti vesti alle feste da ballo? » « Avete fatto l'abbonamento a teatro? » « Cosa fate la sera? ditemi se siete soli, se avete qualcuno, se uscite la mattina, se dopo colazione fate un po' di conversazione in giardino, ma farà freddo, vero?... »

Dopo sposata Felicina è andata ad abitare in una palazzina in via degli Orfani (l'attuale via Serra) detta casa Mojon, presa in affitto da Baciccino quando erano ancora fidanzati. I Mojon, oriundi francesi, erano farmacisti a Genova da generazioni: per anni la loro farmacia era stata tenuta d'occhio in quanto « covo di cospiratori ». Benedetto Mojon (c'è una strada intestata a suo nome) aveva sposato Bianca Milesi, « femmina carbonara »; era amico di Francesco Raggi, e forse fu proprio Francesco a trattare per il fratello l'affitto della casa di via degli Orfani. Una casa modesta, ma a Felicina piaceva perché era quasi in campagna, in una di quelle crose di mattoni rossi come se ne trovano ancora, scampate al piano regolatore e alle ruspe: con un fico di sopra al muro o uno spiovere di valeriana o di caprifoglio. Teresa doveva averla aiutata a metterla su, scegliendo insieme a lei i tessuti e le tappezzerie; ora, da Milano, non poteva che offrirle i suoi consigli. « Se tu vedessi », le scrive dopo una visita alla sorella, « quei pizzi d'Ischia attaccati a una mensola liscia, foderata di lustrino rosso, che belle tende formano! Ho visto il suo salottino, senza grandi cose, ma tanto bene aggiustato!... » Vanamente vorrebbe instillare in lei quel pizzico di fantasia che consente – senza « grandi cose » appunto – di personalizzare un ambiente. Invece Felicina ha idee grandiose che però da sola non è capace a realizzare. Ora si è messa in mente di avere un kubak. Kubak! Chissà cosa sarà stato, forse (dal suono della parola) una specie di turca da mettere al centro della stanza con sopra una catasta di cuscini: una voga esotica senza la quale deve sembrare a Felicina di non essere *à la page*; ma a Genova non se ne trova, e allora eccola chiedere aiuto a mammà. «Il tuo kubak non saprei come mandartelo, e non ricordo se ti ho scritto che un piccolo canapè ben fatto e da non adoperare molto sarebbe la cosa migliore... » E ancora: « Il piccolo paravento non ci starebbe male, e credo che qui se ne troverebbero di belli e fatti, ma come fare a mandartelo? cerca tu, se puoi, persona da fartelo costì... » Parole al vento, lo sa bene: da sola Felicina non sarebbe mai riuscita a trovare quella persona. Povera figlia, si perde proprio in un bicchier d'acqua. Quando pensa a lei, Teresa la vede ferma in mezzo alla stanza, con le braccia penzoloni: « il tuo pranzo è andato bene? La tavola preparata dal giorno prima mi divertì assai – proprio in carattere! » In carattere cioè – anche quello – con le sue indecisioni, i suoi dubbi, la sua eterna paura di sbagliare.

L'inverno a Genova è freddo come dovunque, però nelle belle giornate i genovesi vanno volentieri in gita fuori porta; e chi ha villa al mare o in collina ne approfitta per una scampagnata. « Dio voglia che mi siano conservate le piante di Sestri: se vi andrai sappimi dire quali lavori fa Benedetto tutto il giorno, e se i pannò di fiori sono zappati come uso far fare ogni anno. Domandagli se nessuna camelia, sia di terra che di vaso, è morta, e quando non sa cosa fare vedi un po' che Bastiano insegni a Benedetto come innestare le rose, che temo le tagli intendendo di potarle; anzi, questo lavoro meglio lo faccia Bastiano stesso, di Benedetto non mi fido; così pure avendogli scritto di mettere le viti di bordò nel viale dopo averne levate le rose e le ortensie (che metteremo sotto gli aranci) bada acciocché non sovvenga a Benedetto di potarle, temo che ne tagli gli innesti... »

A Sestri Felicina va col nonno, il vecchio Pippo Oneto: fra Teresa e il suocero non c'è molto buon sangue (« mi secca che mio suocero non avendomi più come scopo delle sue ire cerchi di prendersela con voialtre per vani motivi... »), però essa non dimentica che, prima che suocero suo, è padre di suo marito: gli usino dunque le figlie « quei riguardi che vuole la sua età », fra i quali, appunto, quello di fargli compagnia.

« Dunque non fosti troppo contenta del giardino? ma spiegami, le piante hanno sofferto? ne sono morte? cosa dice quella bestia di Benedetto, cosa fa tutto il giorno, di cosa si occupa? La violetta giù dalle frutta fece fiore? Tu non puoi capire la mia impazienza di conoscere tutto, ma chiusa in quattro mura proprio sento la smania che mi domina. »

Una smania che cresce via via, col passare dei mesi. Ora

Milano è proprio e soltanto una prigione per lei, qualcosa che ha durato troppo, che l'ha saturata, che sente su di sé come un indumento poco pulito, un odore, un tanfo. Quando potrà strapparselo di dosso?

Solo diversivo, in quei giorni bui, il matrimonio di sua nipote Caterina. Caterina è figlia della sorella Mary, ha sedici anni, non so di lei se fosse bella o brutta ma sicuramente doveva avere charme o, come dice Teresa, « incontro ». A Genova, dove andò a vivere dopo sposata, « incantò » tutti.

Il matrimonio fa capolino fin dalla prima lettera di Teresa sotto forma di vago progetto di cui Teresa raccomanda il segreto alle figlie. Poi il progetto si concreta; lo sposo è un genovese, si chiama Rossi, è banchiere anche lui, e nella seconda metà dell'Ottocento (uomo maturo, un po' pingue, con la catena d'oro di traverso al panciotto e un'aura di ormai indiscussa autorità) sarà una delle figure eminenti dell'alta finanza genovese insieme a Francesco (Checco) Oneto fratello di Nicola, diventato nel frattempo suo socio. Sotto ogni punto di vista, dunque, l'uomo ideale: e se anche è stata la famiglia di Caterina a sceglierlo, non pensi Felicina che Caterina sia stata « sacrificata e non maritata di suo genio... » Questo nemmeno Teresa, benché appartenente a un'altra generazione, l'avrebbe ammesso. Ma non a tutti è dato, come a Felicina, fare un matrimonio d'amore: molte volte l'amore viene dopo. È alla persona che bisogna guardare; e quella di Rossi « non inganna », il suo « carattere mi pare sicuro, l'ho conosciuto bene... » Come, quando, dove, in quelle settimane di clausura, non si sa: ma, come Teresa dice che vi sono caratteri « che non ingannano », così ve ne sono che non si lasciano ingannare. Una questione d'istinto. Teresa ha subito visto in Rossi l'uomo forte, deciso, capace di prendere in pugno la situazione e assumere a sé iniziative e responsabilità. Un uomo così è prezioso in una famiglia: e il suo matrimonio con Caterina è visto come « l'acquisto di un bravo e buon parente » e, per loro ragazze, « una simpaticissima compagnia ». Caterina e lui fan tenerezza, da tanto che son felici – « mi ricordano voialtri, quando eravate sposi! » – e la loro felicità nel grigiore di quei giorni è un pensiero lieto cui volgersi, come ci si volge sul lato fresco del cuscino.

E infine c'è il matrimonio in sé, quel che comporta. Pensieri (guizzi di pensieri) devono attraversarla mentre veglia Nicola, del tutto inappropriati al momento. E poi, quando scrive alle figlie dando loro notizie del padre o dei sintomi che sente in lei (« sono tanti anni che non ebbi figli che ho dimenticato come passino queste cose, parmi sempre di sentire tutto diverso, sono piena di dolori, pesante... »), questi pensieri prendono forma. « Penso già che per il matrimonio dovrò farmi un abito – come mi secca, tanto più che mi ero decisa a non farne che neri... » Detto così sembra davvero soltanto una seccatura da aggiungersi alle altre: mentre in realtà lievita in lei uno stordimento gioioso, quasi un'ebbrezza, quale non ricorda d'averne provato da tempo. È bello doversi di nuovo occupare di vestiti. Raso, o velluto? Il problema la agita, ma piacevolmente: la tenterebbe un bel velluto, così di moda oltretutto; ma il velluto teme la polvere, l'acqua, e queste stradacce milanesi piene di fango... Più saggio il raso, che almeno quello è eterno: « potrò adoprarlo l'anno prossimo, resta nuovo... »

Presa la decisione del raso bisogna però provvedere all'occorrente: ed ecco Teresa rivolgersi alle figlie, a Felicina in particolare: « vorrei che tu andassi alla bottega di San Lorenzo dove mi servo, a prendere delle mostre di pizzo nero e piuttosto alto – mandamele subito assieme ai prezzi... » « Queste mostre, se tu non scrivi, dalle a chi mi scrive, Paola o Checco o altri. Che sia di prima qualità! sul genere di quello che ho guarnito la mia mantiglia nera! »

Come un fiume che ha rotto gli argini è la sua impazienza di avere tutto e di averlo subito, le mostre, il raso, il pizzo per guarnirlo, 6 palmi di velluto « uguale a quello che ti mando, del quale velluto fu fatta la mantiglia che presi prima di partire – era più largo del solito e spero ne avranno ancora della stessa pezza: Checco o voialtre me lo porterete avendone gran premura... » (Il Checco in questione è Checco Oneto, fratello di Nicola.)

Infatti, il matrimonio incombe e Teresa si sente con l'acqua alla gola. Si ricorderanno le figlie dei fazzoletti?... Il suo regalo alla sposa consiste infatti in un paio di fazzoletti ricamati, un ricamo a mano, preziosissimo naturalmente, incarico anche questo affidato alle figlie; le quali figlie sono attese da un giorno all'altro e fino all'ultimo momento tempestate di commissioni: « scatola di dolci per Pippino, biscotti di pane [saranno stati quelli del Lagaccio?], acqua *cologne*, bottoncini per mie *manchettes*, e poi qualche dozzina per camicie da uomo... »

Loro veramente avrebbero voluto venire a Milano molto prima, appena saputo della malattia del padre: ma Teresa le aveva dissuase. Con un malato da assistere, due persone in più in casa (« ristretti e male alloggiati come siamo ») sarebbero state solo d'impiccio. Ma al matrimonio non possono mancare. Non avendo modo di ospitarle, le manderà in albergo, penserà lei a tutto: una stanza al Marino (che esisteva già, anche se non dov'è oggi) con stufa, lire 5. E procurerà loro una cameriera per vestirle e pettinarle, forse la stessa Annetta, se potrà fare a meno di lei. (Preziosa, insostituibile Annetta! Cosa avrebbe fatto senza di lei in quei terribili momenti? Annetta le dava il turno al capezzale di Nicola, Annetta la svegliava al mattino con una tazza di caffè bollente, Annetta le tendeva la veste da camera e la costringeva a sedere alla toilette estasiandosi sul volume dei suoi capelli quando, sciolta la treccia, le ricadevano sulle spalle in un manto castano-scuro. Erano tanti gli anni passati insieme, le vicende condivise; anche una lettera delle figlie era una gioia da assaporare con lei: « dopo letta dissi all'Annettina che mi pettinava – Dio manda del bene e del male, le mie figlie almeno sono sempre allegre e contente, m'accorda dunque molto e posso sopportare le tribolazioni... »)

Annetta dunque sarà a loro disposizione per quanto potrà occorrere. Loro pensino a farsi belle, che a Milano grande è l'attesa di queste cugine da Genova, e in specie di Felicina che ha sposato un marchese: « circa i tuoi abiti, credo che sarà meglio la veste rosa guarnita di pizzo per quel giorno, non scordare la bautta uguale, poi ti consiglio di portare anche il velluto perché qui sono in grande uso fra le eleganti, onde non voglio che sfiguri – quale altro abito avrai? la *moire* nera? peccato che il velluto non ha corpo alto! Andanti, avrai un abito addosso e basta, porta piuttosto i belli, intendo non da ballo... cappelli, basterà uno se resti poco... »

Grande (l'attesa) soprattutto per lei: « mi riserbo alla vostra visita come a compenso di tanti disgusti... » e il giorno stabilito c'è da giurare che si sarà trovata alla stazione con ore di anticipo sull'arrivo della diligenza. Vengono tutt'e due, Felicina e – « *bonheur* completo! » – anche Paola, la cara Paola incinta anche lei, e alla quale i primi mesi si rivolgeva per chiedere lumi sul suo stato: « sentiva anche Paola tirare il ventre da tutte le parti? delle indolentature all'attaccatura delle cosce? e non parliamo dei reni... »

Vengono e sono sole, senza i mariti e dunque come tornate ragazze: un sapore sottilissimo di trasgressione si insinua in ogni loro parola, in ogni loro gesto: perché per la prima volta dacché sono sposate quella parola o quel gesto non è più dedicato esclusivamente al marito, ma più genericamente a chiunque vorrà raccoglierlo e appropriarsene: cosa questa piena di pericoli impliciti, ma anche di un'inebriante sensazione di avventura e di libertà. Nell'albergo le incantano le passiere nei corridoi, il tappeto in camera, le tappezzerie a fiori... Curiose di tutto e in preda al *fou-rire* come due collegiali in vacanza le sorelle aprono ante e tiretti, scostano il paravento che nasconde il treppiede col catino e la brocca, si estasiano sul fatto che il portasapone contenga una saponetta minuscola incartata come un pacchetto-regalo. Tutto è superiore alle loro aspettative e questo dà loro l'impressione di un'ospitalità larga e cordiale, molto nello stile lombardo. Il fatto che, al solito, piova, più che dispiacerle fa sembrar loro Milano « più Milano ». Dal finestrino della carrozza han visto sfilare case e palazzi, vetrine illuminate di botteghe che si indovinano zeppe di cose belle, diverse da quelle cui sono abituate. « Prestiné »: anche quella, una parola strana; non saprebbero cosa vuol dire non fosse per i filoni e per le micche in mostra. Dal momento che han messo piede in città hanno avuto la sensazione di essersi immesse in un ingranaggio di efficienza e di produttività che non somiglia per niente al clima di Genova: dove gli affari – i « commerci » – si svolgono al chiuso di uno scagno e ciascuno pensa a sé. E anche l'ingranaggio mondano che le attende è estremamente efficiente e ben oliato, e tutto si svolge con una facilità che le conquista. Dietro al matrimonio della cugina infatti, come tirati da uno stesso filo che li cuce assieme, vengono balli, teatri, « società ». Per loro, però: non per Teresa. Lei, Teresa, il suo raso l'ha messo solo il giorno delle nozze, fra l'altro le stava stretto, e ora la angustia il pensiero di quanto deve alle Carron – « vedremo il conto, io non oso mandarlo a prendere perché scommetto che è grossissimo... » Per il resto, deve accontentarsi dei racconti delle figlie. Chi c'era, chi non c'era, com'era vestita la tale e la tal'altra, e il menu, portata per portata: magari sorridendo per il loro stupore di fronte a raffinatezze come il « paté de volailles in bella vista ». Ma si sa che a Milano si fanno le cose alla grande.

In realtà, Teresa ha sofferto della loro visita più che non ne abbia goduto: e tutto a causa di Nicola. Nicola è di quei malati che non sopportano si parli d'altro che della loro malattia; in più lo si direbbe geloso delle figlie: per cui « se parlavate vi faceva star zitte, se passeggiavate vi voleva sedute, vi sindacava per così dire dentro e fuori casa – così sono scorsi questi brevi giorni!... »

È la prima volta che Teresa si esprime così a chiare lettere sul carattere del marito: ma dopo essersi dominata finché loro eran lì, non può più tenersi. « Lasciate che prima di andare a letto vi abbracci ben strette giacché non ho potuto farlo stamani! ho sofferto, vi prometto, un tormento indicibile nel staccarmi da voi senza quasi guardarvi, e nel trattenere il pianto che più d'ogni altra volta mi opprimeva: ma pazienza, la mia situazione adesso la conoscete... vi prometto di farmi coraggio e sopportarla... »

La lettera continua sullo stesso tono amaro e risentito,

come se tutti i nodi di una lunga – e apparentemente serena – convivenza, fossero d'improvviso venuti al pettine in un groppo aggrovigliato in cui amore-odio, sdegno-pietà, ribellione-rassegnazione si mescolano così strettamente che districarli è impossibile. E per un attimo agli occhi esterrefatti delle figlie si svela una realtà che mai, prima d'ora, avevano voluto guardare in faccia.

Come non tener conto, al momento buono, di questa realtà rifiutata, ma innegabile, e non vedervi un'attenuante alla sua condotta?

Partite le figlie, Teresa ripiomba nello sconforto. « Ti ricorderai della tristezza che regna sempre in questa casa... »

Sono venute, se ne sono andate, e a lei tocca restar lì a occuparsi di Nicola: di partire non se ne parla.

A Genova fiorisce la violetta e la mimosa, il cielo è percorso di nuvolette rosa oppure di neri nuvoloni che portano pioggia o *maccaia*: « mi fai invidia a parlarmi di camelie, io non posso neppure andare in qualche giardino a goderne la vista... » Ma Genova è lontana. A Genova è Carnevale, le figlie vanno ai veglioni (« come si trova Caterina a ballare il valz antico? qui tutto diverso »), spendono in scarpette e lezioni di ballo, in « mascherate » casalinghe confezionate dalla sartina che abita nell'ammezzato, spettegolano e se la spassano. Beate loro. Quanto a lei, mai si è sentita più sola e derelitta. « È domenica grassa, e ciò che faccio di più brillante è scrivervi queste righe... » Nicola invece vuole uscire, si fa condurre in carrozza dal cognato a vedere il corso mascherato, ha smanie di mondanità come non ne ha mai avute. I Litta, i Visconti, i Somaglia, i Castelbarco... gli brillano gli occhi nel citarne gli equipaggi visti sfilare (« c'era corso che arrivava dai Bastioni a piazza Castello... ») Teresa ha un tiepido sussulto di curiosità nell'ascoltarlo, quanto basta per riferirne alle figlie: poi ricade nella sua abulia. L'unica cosa che sembra interessarla – e preoccuparla – in quei giorni, sono le sue condizioni di gestante: il corpo le pesa, il ventre le pesa (« oggi ho messo una cintura grande che mi sostiene il ventre e lo mette più a posto, spero possa giovarmi... »), in più ha visto del sangue – segno « cattivo » – e si rende conto che nella sua gravidanza qualcosa non funziona come dovrebbe. È stanca, pesante. « Oggi starei discretamente – se proprio non mi muovo dal salotto però è meglio... » Confinata in casa, vede cadere di giorno in giorno le sue speranze di tornare a Genova.

E difatti, paradossalmente, sarà Nicola a partire prima di lei (« chi l'avrebbe detto ch'io, rimasta a Milano per curarlo, sarei poi obbligata a restarci più di lui?... ») e lei si consolerà della sua partenza persuasa (almeno a parole) che il cambiamento possa giovargli. « Lui spera tanto di trovarsi meglio costì, che trattenerlo mi sembrerebbe crudeltà... » E poi, perché trattenerlo? Se i medici lo ritengono in grado di partire, bene, che parta.

Le figlie lo aspettano a Sestri, e Teresa lo affida alle loro cure con parole in cui vibra come una residua, ruvida forma di affetto. « La cara Paola mi assicura che lo assisterete, e ne sono persuasa, l'ho raccomandato a lei, ora lo raccomando a te, falli compagnia, mostrati premurosa (non ti distrarre!!!) pensa infine che, poveretto, ha poca salute e forse poco ancora da vivere... »

Parole profetiche: tre settimane dopo Nicola muore, a Sestri, e probabilmente senza nemmeno sapere di essere diventato padre per la quarta volta. Perché il figlio di Teresa nasce, prematuro, proprio in quei giorni, e tutto si incrocia e accavalla in un crescendo convulso di cui ho notizia dalle lettere di condoglianze scritte a Felicina: di condoglianze, e insieme di rallegramenti per la nascita del fratellino e la « recuperata salute » della madre. Il parto infatti è stato difficile e ha tenuto in ansia tutti, Felicina è dovuta correre a Milano per assistere la madre, e lì è stata raggiunta dalla notizia della morte del padre per il quale non ha potuto che pregare e piangere in silenzio.

La voce di Teresa, quella voce che mi diceva tante cose di sé e delle figlie, ormai si è taciuta. E a farla tacere sono stati la febbre, il delirio, gli sprazzi di lucidità che la strappavano per un istante al sopore misericordioso dell'incoscienza. Cosa fanno tutte quelle persone intorno a lei? E il bambino? A volte, da lontananze infinite, lo sente piangere. Allora è nato – è vivo?... Ma quando glielo portano, rosso e grinzoso tra i nastri del *porte-enfant*, gira la testa verso il muro per non vederlo. Non vedere, non sapere.

« Non mi dici se tua madre sappia o no della disgrazia, spero non ne risentirà la sua salute... » « Fatti coraggio, e bada bene che tua madre non si avveda di nulla... temo per la sua e la tua salute... »

A raccomandarglielo sono amici e parenti, a raccomandarglielo è soprattutto Francesco, fratello di Baciccino: con una sollecitudine inusuale in uno che, dopotutto, è solo parente d'acquisto. « Noi tutti siamo del parere che quanto più la differiate, questa terribile emozione, sarà altrettanto meglio... » Dice « noi », come parlasse a nome della famiglia: ma in realtà tra quelle espressioni di maniera (« alla notizia rimasi stupido, di sasso... ») si insinua una partecipazione personale e sincera.

Conviene, a Teresa, prestarsi al loro gioco. Gli occhi rossi di Felicina... non può non averli notati; ma Felicina è così pronta ad attribuirne la causa al cattivo tiraggio della stufa o a un principio di raffreddore, che è inutile far domande. La scusa, comunque, non la ingannerebbe, né la ingannerebbe il tono falsamente gioioso con cui tutti le parlano, se non piacesse a lei farsene ingannare. E l'inganno è inteso a darle una tregua: a differire, non tanto la « terribile emozione » che dice Francesco, quanto il momento in cui questa « emozione » andrà (adeguatamente, come si conviene a una moglie colpita nei suoi affetti) affrontata.

Perché Teresa non è stata colpita nei suoi affetti. Da molto tempo ormai non provava più niente per Nicola. Gli viveva accanto perché una moglie deve vivere accanto al marito; e se a questi una notte viene in mente di visitarla, deve fargli posto nel letto perché questo è un suo diritto: verso i diritti del marito una moglie non ha da opporre che dei doveri.

Mostrare dolore per la morte di Nicola sarebbe stata un'ipocrisia: rincrescersene per lui, per la sua fine tutto sommato immatura (non aveva ancora cinquant'anni) e per le sofferenze che l'avevano preceduta questo sì, poteva. E con l'andare del tempo (giacché poi le cose si risanno) sdegnarsi per il modo ignobile con cui la famiglia si era comportata in quell'occasione.

« Ma lo sai », scrive a Felicina, « che continuarono a pranzare al momento che era venuto male a Nicola?... e invece la povera Paola era scappata in fondo alla villa?... » regalandomi così questa doppia immagine, degli Oneto riuniti a tavola – una tavola da buongustai per i quali mangiare è un rito e guai a interromperlo, sia pure con la notizia che qualcuno sta male (che poi, va' a sapere, non sarebbe stata la prima volta che Nicola aveva una crisi e che si riprendeva, delitto invece sarebbe stato lasciar sciogliere questo sorbetto) – e di Paola che invece alla notizia non ha saputo controllarsi ed è fuggita in fondo alla villa: villa intesa come podere, si capisce, e qui più precisamente come nascondiglio, rifugio: luogo dove si possa piangere, e ascoltarsi piangere, indisturbati: consolatorio anche, perché alla fine sul dolore prevale l'odore dell'erba schiacciata, della violetta e dell'aglio selvatico, prevale il silenzio, la vista di una coccinella su una foglia o di una lucertola su un sasso; e allora i singhiozzi diradano fino a dar giù a poco a poco.

E deve anche (Teresa) raccontare a Felicina come « non contenti di aver defraudato il povero Nicola e i suoi figli di una somma che egli aveva necessariamente dovuto spendere per malattia, servitù, affitto, oltre che per mantenersi ecc. ecc. » gli Oneto avessero poi « profittato di tutto quello che lasciò morendo, facendosi persino dar conto di qualche centinaio di franchi che avanzavano a Milano, da Club o Casino che fosse... hanno messo fuori di casa i di lui figli, nudi e senza un letto (eppure qualche diritto avevano, su ciò che era appartenuto al Padre!!!) ed hanno profuso la somma di lire 2000 per mantenerli – vergogna, Pippo li mangia di pane! – ecco cosa contano in casa Oneto i figli del primogenito, che infine ha sempre lavorato in aiuto di suo Padre! si tentò infine di rubare sulla dote, ma non si riuscì... »

Non a caso, a Milano, Teresa si era prestata alle pietose menzogne dei suoi. Dietro la morte di Nicola vedeva profilarsi, minaccioso e temibile, l'impatto con la sua famiglia.

IV

TERESA RAGGI

La voce di Teresa mi ritorna dopo tre mesi, ed è come se quei tre mesi non fossero mai stati: tutto dimenticato, o rimosso, via, via! voltar pagina: per cui è con la sua voce alta e chiara di sempre che parla della sua partenza per Recoaro, del bambino spedito a Sestri con Annettina e la balia, del passaporto per la balia che non era pronto per cui si è dovuto ritardare il tutto, e avanti così, volubilmente, con abbracci a Baciccino e raccomandazioni a lei, di farsi impacchi d'acqua fresca al ginocchio, di volerle bene ecc. ecc.

Va a Recoaro per passare le acque, accompagnata (per rispetto alle forme) da un Pippino immusonito, costretto a bersi anche lui la sua razione di acquaccia quotidiana. E a Recoaro le sere sono umide, meno male che si è portata il suo *canail* imbottito, la sera ravvolta nel suo *canail* siede ai tavolini del Gran Caffè con le conoscenze che si è fatta alle fonti e alla *table d'hôte*, la Bolognini per esempio, o la Morosini, parente questa della Luisa Borri (e chissà se a sua volta questa non sarà stata parente della Teresa Borri, seconda moglie del Manzoni?...) dalla quale viene invitata a sentir cantare una « brava dilettante » nel suo albergo. I riti dei luoghi di cura: quando ero bambina io, nell'albergo di Bognanco c'era un prestigiatore che c'incantava con uno sfarfallio di colombe e di fazzoletti, oppure i Cosacchi del Don che sparavano in avanti le gambe col sedere (apparentemente) per terra. Al tempo di Teresa, l'attrazione è canora: comunque tutti han fretta di ritirarsi perché l'indomani bisogna essere alle fonti di buonora, digiuni naturalmente, e con quel piacevole languorino dentro che mette sempre un'alzataccia: anche la passeggiata a dorso di mulo è piacevole, l'animale è disciplinato, e si avvia da solo, a piccolo trotto, su per l'erta che porta alle fonti. Per Teresa sono giorni spensierati, ha sempre amato le « società » e Recoaro gliene offre – sia pure moderatamente – ma dopotutto Teresa è vedova da pochi mesi, per cui anche il divertimento dev'essere moderato.

Finita la cura si concede un supplemento di vacanza a

Venezia: l'ha promesso a Pippino. E, « Dio come tutto è un incanto! » si estasia con Felicina al termine della prima giornata trascorsa tra chiese e musei (« ma le piazzette cara Felicina, le piazzette sono meraviglie tali da non idearle! ») La sera, infine, con Pippino, siede al Florian e si gode la piazza « illuminata a gaz, piena di gente, con banda e società qua e là »: ciò che costituisce per lei una sorta di apoteosi finale (« ma capire, immaginarsi una piazza tanto grande non si può, cara Felicina, senza averla vista!... »); dopo di che può anche disporsi ad affrontare Sestri e l'incognita (ma forse ormai nemmeno tanto un'incognita) del ritorno a casa.

Ho suddiviso così le lettere di Teresa: quelle di Milano, quelle di Recoaro, quelle di Sestri. (Le altre, assieme a quelle di Francesco, fanno parte a sé.) Rispetto alle precedenti, queste sono più inquiete, sembrano sospese fra un prima e un dopo, senza pace.

Dietro di loro c'è una Sestri illividita dal maltempo, gite (di Pippino) rimandate a causa del maltempo, visite di Paola, qualche accenno a Checchino che cresce (« è allegro e contento e sembra una tazza di latte »), ma soprattutto, immancabili e scontati, i contrasti con gli Oneto. Tutto così sordido, meschino: « miserie »; ha un bel dirlo, ma intanto han cominciato col lesinarle le forniture di candele per suo uso personale, di modo che se vorrà aver « conversazione » la sera all'illuminazione dovrà provvedere lei. La servitù poi, quella capisce subito da che parte tiri il vento. « Non ho ordini », le rispondono a muso duro. « E tu capisci che non poter disporre di un bicchier d'acqua e dovermi accendere il lume io stessa per ricevere i miei amici la sera è condizione assai dura... »

Tutto come previsto: le vogliono far scontare le colpe di Nicola. Se colpa può dirsi aver chiesto al padre dei soldi che in fin dei conti erano soldi suoi! Ma questo è un argomento che non fa presa sugli Oneto. I soldi sono soldi, sacri per chi come loro non conosce altra legge. Cosicché « io ho poco, gli Oneto hanno molto, vogliono contrastare per togliermi anche quel poco?... »

È un riaggallare di vecchi rancori, soprusi patiti, malefatte che gridano vendetta: « si tiene da ladri le piante di un giardino che non possono ignorare furon comprate con denaro mio... » « si manda a ritirare imperiosamente una vecchia marsina che un servitore dopo dodici anni di servizio erasi tenuta... » « si tentò infine di rubare sulla dote... » e il rosario continuerebbe se con un « basta basta, pregatemi dal cielo la grazia di perdonare... » non si costringesse a piantar lì.

Dietro le sue parole intanto continua la pioggia, mare grosso quindi niente pesci, Paola ha partorito, una femminuccia! ma tutto corre via come se in realtà lei non fosse lì con la testa, e difatti pensa ad altro – un pensiero che prende forma via via, e che nella lettera successiva viene espresso con un «onde per cui, se non potrò vivere in famiglia dove, se contavo poco prima, conterò nulla adesso, ebbene allora me ne andrò di casa e vedrò di aggiustarmi altrimenti...»

La decisione è dolorosa; Teresa ha sempre considerato Sestri un po' casa sua. Da Milano si preoccupava per il giardino, le sembrava che senza di lei tutto dovesse andare in malora. Nel viaggio che la portava qui, forse prima che a Checchino pensava a come avrebbe ritrovato le sue piante.

Ma non si può stare in paradiso a dispetto dei santi. Meglio la fame, ma in una casa dove sia lei la padrona. La ruga che le solca la fronte in un ritratto di quegli anni deve essere nata a Sestri insieme a quella decisione.

Guardo spesso quel ritratto. Pochi anni lo separano dal precedente, la moda è già quella più morbida degli anni '50. E poi ci sono i colori (l'altro era un cartoncino color seppia); dei verdi e dei blu un po' foschi (sporchi?) dai quali anche la figura risulta illividita. Tiene il capo un po' piegato per parte, un dito – l'indice – premuto contro la guancia; polso e avambraccio escono nudi dal polsino di pizzo e sono scarni, anche il viso appare scarno e come prosciugato; e se la bocca, per abitudine o smemoratezza, continua a sorridere, gli occhi sono seri. Sono occhi che la sanno lunga sulla vita, ne hanno spremuto lo spremibile in bene e in male; anche se, ci giurerei, quel bene e quel male Teresa sarebbe pronta a riviverlo con lo stesso entusiasmo e la stessa generosità. Certo è stata Sestri a darle quello sguardo, quell'aria pensosa, sofferente. Sestri, ovverosia gli Oneto, le loro grettezze, la loro villania nei suoi confronti. Il seguito non ne è che una conseguenza. Felice, bisogna dirlo: ma anche la felicità, all'età di Teresa, comporta notti insonni e rughe: e non c'è unguento che valga a cancellarle.

Ma torniamo a Sestri (il ritratto, l'ho detto, viene dopo).

La « sua » Sestri: sua per quanto ancora? Gira per vialetti, aiuole. Vent'anni che viene qui: è come strapparsi da una parte di sé. Il giardino, il ciottolato bianco e nero intorno alla fontana, i pinoli che tingono le mani di nerofumo quando li spacca con una pietra, l'odore di salsedine e quello secco e polveroso della serra dove Benedetto traffica intorno ai vasi. « Provo una somma tristezza nel distaccare le mie attenzioni da un luogo così bello – eppure bisogna, e io non devo essere ragazza alla mia età... »

Mi conforta pensare che a questo punto non fosse già più sola. Nelle sue lettere fitte fitte si apre, infatti, uno spiraglio: compare per la prima volta il nome di Checco Raggi. Francesco, uno degli assidui alle sue « conversazioni ». Sollecito verso di lei come lo fu già al tempo della malattia. Come un parente, anche se proprio parente non è. E lei, come a un parente si affida, finalmente qualcuno con cui sfogarsi, cui chiedere consiglio. A parte la figlia, con chi altri può farlo? E poi Felicina è una Oneto – troppo spesso se ne dimentica quando inveisce contro di loro. Con Paola infatti non lo fa. Forse perché Paola è « più Oneto » ancora di Felicina? Lo è, comunque, suo marito. A Teresa, Pippo Casanova non è mai molto piaciuto, lo sente di un'altra razza (razza Oneto, appunto, anche se con gli Oneto non c'entra), gretto, attaccato alla roba.

Francesco invece è razza sua, uno che per il denaro non farebbe mai questioni, anzi è talmente distaccato da tutto che coi Raggi finora ci ha sempre rimesso del suo. E a Felicina, che con la sua prudenza – o diffidenza, o forse con un sesto senso che le fa fiutare il pericolo – sembra aver avuto una frase infelice nei suoi confronti, risponde con calore spropositato: « tu senti dire testa esaltata e per bontà non indaghi più in là, ma i fatti – e Baciccino può confermartelo – non lo dimostrano così sfrenato, è uno che chiama bene il bene e male il male, e non piega con chi ne è causa: ma questo cara Felicina, non è forse da guardarsi con rispetto?... » Scusa non richiesta, colpa manifesta: se di colpa si potesse parlare. Certo, le assiduità di Francesco non devono passare inosservate. Lui viene a trovarla quasi ogni sera, ed è un parlottare fitto fitto, lei – seduta al telaio come davanti a un leggìo – ritrova il brio dei suoi tempi migliori, la loro conversazione spumeggia, sono mesi che non ride così di gusto e poi quante cose hanno in comune! in quanti giudizi si ritrovano! e in quante occasioni scoprono di essersi passati accanto, scambiandosi sorrisi e banalità e mai più immaginando che invece, che un giorno... tutto questo però sempre detto senza dirlo, senza dar corpo a ciò che invece sta nascendo tra loro.

Col crescere della confidenza cresce lo spazio che lui occupa nella sua vita, nei suoi pensieri e naturalmente nelle sue lettere, dove ormai il nome di Checco non significa più Checco-cognato bensì lui, Checco Raggi: anche sulla carta si sente la differenza. Checco ha lasciato l'ombrello a casa sua (che distratto!), Checco è andato a Torino, Checco le ha detto come sua madre – la signora Teresa buonanima – partendo da Campale usasse regalare alle donne di casa « un fazzoletto o qualcosa di simile »: e « tu Felicina dovresti fare lo stesso che è sempre bene farsi amare, e dare è un gran segreto, non sei d'accordo anche tu?... » Sta insomma senza accorgersene parlando per bocca di lui, forse persino assumendone il tono, o la cadenza strascicata del dialetto. Saperlo al suo fianco le dà forza, ora può guardare negli occhi gli Oneto e dire, ferma, « no, ho detto ottanta piante e ottanta sono », quando quella faccia falsa di Checco-cognato vorrebbe insinuare che sul numero delle camelie ha barato.

Così attraverso il grigiore di quei giorni si apre una schiarita che è come un allargarsi del cuore alla speranza: anche il distacco da Sestri le è reso meno duro. A Genova ha trovato casa (un quartierino in faccia all'Acquasola, piccolo e « con camere fatte storte ») e ai primi di dicembre vi si trasferisce. La arrederà, quella casa bizzarra, a modo suo: masse di cuscini, paraventi, scialli. I mobili sono « di poco pregio », bianco e oro, forse ritinti: ma rendono chiare le stanze, e luminose. Il caminetto a Genova è più che altro di figura, ma Teresa ha trovato da metterci sopra una specchiera che ci sembra nata, e ai lati ci colloca due anforine di alabastro con dei fiori finti che un'amica dalle mani d'oro compone con carta e fil di ferro così bene da sembrar veri. Della sua roba di Sestri si è portata via solo il pianoforte, le stampe del bigliardo e « poco altro »; il resto le è piaciuto fare il bel gesto di lasciarglielo – come le piante, una volta stabilito il principio che erano ottanta, e comprate di tasca sua.

La vita poi riprenderà il suo corso su un piede più modesto, sia pure, ma al riparo delle meschinerie degli Oneto e della loro « inurbanità ». Pippino è con lei in attesa di trasferirsi a Milano, dove Raymond si dice disposto a riprenderlo; e naturalmente c'è Checchino con la balia e l'Annetta, che al grembiule e alla crestina di cameriera è disposta a sostituire il grembiulaccio da sguattera pur di non lasciarla. Ogni tanto, la sera, avrà « società », si giocherà a whist o a bassetta, oppure lei siederà al piano. La presenza di Francesco verrà accettata dagli amici come quella di una persona di casa; i maligni, naturalmente, maligneranno.

Non importa. Teresa ha ritrovato il piacere di una casa sua da mandare avanti, di libri e cornici da spolverare, di argenti da lucidare con la polverina rosa, di cristalli da far cantare sotto la pezzuola passata lungo il bordo. « Oh quante indennizzazioni dovrò prendermi!... » Adesso, il momento è venuto: nelle sue lettere a Felicina torna a parlare di cappellini e di vestiti come nei giorni di Milano. « La tua popeline è tanto chiara che credo la metterai poco di giorno... » « Per cappelli, conta sopra uno cenerino che ho ordinato a Parigi per regalarti a Natale, onde uno andante nero se vuoi farlo dovrebbe bastarti... »

A trentanove anni, nell'età in cui una donna ragionevole dovrebbe accontentarsi di far da nonna ai nipotini, Teresa guarda avanti, ragazza nel cuore se non nel fisico, a un futuro che le appare roseo e pieno di promesse.

Cogliendo tutti di sorpresa, lei e Francesco si sposano l'anno dopo. È un matrimonio celebrato alla chetichella, in teoria nessuno dovrebbe saperne niente, nemmeno le figlie. In pratica, « a malgrado le precauzioni che presimo », la cosa trapela, anzi dilaga a macchia d'olio. Le figlie, che si son sempre rifiutate all'evidenza, sono prese in contropiede. « Davvero non credevamo », si risente Felicina, « di dover essere le sole, dopo otto giorni, a conoscere la tua nuova esistenza! »

Che una vedova si risposi, è cosa abbastanza normale: meno normale, anzi senz'altro scandaloso, che detta vedova si risposi nientemente col cognato della propria figlia: o col fratello del proprio genero, se si preferisce, più giovane di lei di dieci anni. « Se ne bisbigliò assai a Genova », scrive Paola alla madre. Sicuramente nei salotti i ventagli avran preso a battere più in fretta quando vi saran comparse le due sorelle: le stecche d'avorio o di tartaruga avranno avuto, nell'aprirsi e chiudersi, un suono secco e perentorio, di disapprovazione.

« Mi piange il cuore » (è ancora Paola che scrive) « nel sentire le nere calunnie che tutti inventano sul conto di mammà... »

Avrà esagerato? La Oneto che è in lei freme all'oltraggio alla memoria del padre, ed è abbastanza naturale che immagini « nere calunnie » dove magari non ci saran stati che cauti e coperti « si dice ». D'altronde, Teresa era perfettamente consapevole del vespaio che il suo matrimonio avrebbe suscitato: e soprattutto in famiglia. La cosa non poteva non portare un inasprimento nei suoi rapporti con gli Oneto. Pare che il vecchio signor Pippo dichiarasse che « a chiunque gliene avesse fatto parola, avrebbe sempre risposto di non saperne nulla ». Sono le voci riportate dagli intimi a Felicina, le isolo da lunghe lettere di – chiamiamola – solidarietà. Scrive un certo Longhi: « si immagini cara signora Felicina come si troverà la sua povera madre senza una persona che voglia e possa cercare di mitigare la collera ed il malumore del signor Pippo... »

Ma a Teresa il malumore del suocero non sembra fare né caldo né freddo. La vedo, lo sguardo duro e scintillante, rivendicare il diritto a far di testa sua. « Se anch'io ho desiderato un po' di libertà, avrò avuto torto, a quarant'anni?... » Il tono è secco, spietato. Sì, per una volta Teresa si rifiuta alla pietà. Cosa vogliono tutti da lei, cosa pretendono? Non ha forse fatto abbastanza per loro? In un'epoca in cui dovere di una madre è immolarsi per i propri figli, Teresa costituisce un'eccezione, forse un precedente pericoloso. Ma Teresa non intende immolarsi. Ama i propri figli, ma chi dice che risposandosi debba amarli di meno?

Felicina, almeno, questo lo capisce: dopo il primo momento riesce persino a rallegrarsi con lei per la « nuova parentela » che le unisce; mentre Paola, meno generosa, si mantiene sulle sue. « Dio voglia che continui ad essere contenta come lo è adesso! Io glielo auguro di tutto cuore, ma ne temo molto... » scrive a Felicina. « Mi dirai, che noi vediamo cogli occhi aperti all'avvenire, e forse questo non sarà così cattivo come l'immaginiamo... » dove quel « forse » va letto come un « invece ne dubito assai ». Non ho le sue lettere alla madre, però arguisco che quelle stesse apprensioni le abbia manifestate anche a lei: il tono ironicamente affettuoso con cui Teresa la rassicura – « vivi tranquilla, mia Paola, alla mia età non si agisce tanto leggermente! io riposo serena sul mio avvenire, e Checco possiede tutte le essenziali qualità per farmi trovare nella sua convivenza un'ottima compagnia... » – è la spia di come Teresa abbia penetrato il vero senso delle sue parole.

Tutto poi, come sempre, si placa. La coppia ha avuto il buon senso di sparire momentaneamente di circolazione (forse vanno a Casale, dove Teresa ha un fratello) e quando tornano a Genova lo scandalo è rientrato.

« Stasera festa in casa Serra, dicono che non vogliono etichetta ma da sabbato passano fiori – di pensieri ne hanno dunque molti! » « Venerdì dalle De Mari vi era il salone e quattro salotti illuminati, gran servizio e poi... venti signore tra vecchie e giovani, puoi credere come riuscisse fredda la cosa, il salone ne capirebbe cento!!! » « Domenica alle quattro dopo mezzogiorno sono entrati in casa d'un Canonico, hanno strozzato la serva e l'hanno derubato! si spera arrestati gli assassini, per Genova è un caso strano, il vicolo è quello che dalla strada provvisoria porta in strada Lomellini... »

Dopo di che, su di loro cala il silenzio. Ricostruisco la loro vita come un puzzle, un pezzo qua un pezzo là, attraverso le voci di figli o nipoti. Una vita felice, su questo non ci sono dubbi. Teresa ha rischiato grosso, ma l'ha fatto a ragion veduta, aveva dalla sua il sesto senso che guida le persone impulsive (istintive?) nelle loro scelte: e raramente si sbagliava. Teresa a quarant'anni è più giovane, dentro, delle figlie. O forse, miracolosamente, è tornata giovane via via che cadevano da sé, come squame di pelle disseccata, le tracce della sua esistenza precedente. Io così me la immagino, rinata alla vita con Francesco – grazie a Francesco? – e difatti faccio un po' fatica a pensarla come la Teresa dei giorni tormentosi di Milano o di quelli inquieti di Sestri. Quella era Teresa Oneto, una figura che va svanendo pian piano: e con lei Milano, Sestri, gli Oneto. Teresa Raggi ha preso il suo posto, ed è una donna, questa, che vive con l'uomo che ama, una donna che ha sfidato l'opinione pubblica per sposarlo, che ora veglia su di lui, protettrice, materna, una tigre con chiunque si azzardasse a dirne male; fossero pure le proprie figlie. Una donna che si è sacrificata ma che ha avuto il compenso (le famose indennizzazioni?) dei suoi sacrifici.

Teresa compra, nei pressi di Asti, un podere: il Capriccio. L'inverno a Genova, il resto dell'anno al Capriccio. Checchino è con loro – « delizioso » Checchino! anche se è uno sporcaccioncello e fa ancora i suoi bisogni per terra: « ci proponiamo sempre di sgridarlo, di battergli il *pané*, ma poi nessuno di noi ha coraggio... fortuna che qui vi sono le stuoie e non i miei tappeti... » Ma Checchino non resterà a lungo il cocco di famiglia. Benché abbia passato la quarantina, Teresa fa ancora in tempo a dare quattro figli a

Francesco, Gian Antonio (in omaggio al nonno), Paolo, Giulio e Margherita. Al Capriccio la vita è serena, i ragazzi, le letture sotto la pergola, la raccolta delle frutta per le marmellate. Vengono le figlie da Genova, vengono gli amici, più gente ha intorno più Teresa è contenta, per cos'altro è fatta una casa?... e il Capriccio è aperto a chiunque: un anno prima della sua morte, nel '59, sarà aperto anche alle truppe francesi dirette al Ticino. Lo ricorda la lettera di un ufficiale delle Guardie che ringrazia dell'ospitalità, saluta « les monsieurs, les dames et les demoiselles » che li hanno ospitati, e con quelle parole evoca per me un Capriccio pieno di militari, di gazzette passate di mano in mano, di sigari, di uniformi, di gaie marcette suonate al pianoforte mentre le più giovani fra le « demoiselles » battono il tempo col piede sperando di catturare l'attenzione degli ufficiali e forse l'invito a un giro di valzer.

L'ufficiale è uno Zuavo, si chiama Gasterman e scrive a Teresa dalla linea del fuoco, in una pausa della battaglia (di cui ancora non conosce l'esito) della Boffalora. L'esito sarà la vittoria travolgente dei francesi, gli austriaci in rotta a Magenta, fra Naviglio e Ticino. Ma per il Gasterman è una vicenda ancora in atto, di forze che avanzano e arretrano, che si attestano e vengono ricacciate. Obiettivo, il ponte sul Ticino: che finalmente il Gasterman alla testa dei suoi uomini riesce a riconquistare tra il fischiare delle pallottole (« mais vos bonnes prières m'ont protegé, madame »), lui e il suo cavallo arabo « qui a été magnifique de sang-froid et d'entrain » come un vero francese. La lettera è scritta su un foglio trovato indosso a un ufficiale austriaco, uno dei tanti cadaveri col petto squarciato e i visceri allo scoperto in cui ci si imbatte tra il fango e gli affusti di cannone dopo una battaglia: e a me è arrivata attraverso i discendenti di Paolino, secondogenito di Teresa, gli unici coi quali posso ancora parlare di lei.

È a loro che Teresa lascerà il Capriccio, ai quattro figli avuti da Francesco, « in vista che più facilmente vivranno questi quattro uniti insieme, mentre gli altri due sono avviati in carriere che li tengono fuori di casa ».

Agli altri, cioè Pippo e Checchino, provvede a seconda delle diverse necessità. A Pippino, ovvero « all'amato figlio Giuseppe Oneto fu Nicola », lascia « quindicimila lire nuove di Piemonte, non permettendomi di fare di più la mia numerosa famiglia »; e a Checchino, che ha sedici anni, vuole che sia Francesco, cioè il patrigno, a fare da tutore. E a tutti raccomanda di « non inquietare né disturbare punto il loro padre in fine della tutela, dovendo essi riconoscere quanto io medesima l'esattezza ed integrità del medesimo, onde starsene in tutto e per tutto alle note e conti che presenterà loro ».

Al marito lascerà « tutti i mobili argenti biancheria ecc. ecc. che trovansi sia nell'appartamento da me abitato in città che nella mia villeggiatura d'Asti »; e noto quel « mia » con una certa pena, perché la ricchezza della moglie deve essere pesata a Francesco; in una lettera a Baciccino questi lamenta come il mancato assegnamento del padre lo costringa a vivere « in gran parte alle spalle della moglie ».

Forse non fu tutta rose la loro vita. C'era questa spina dei soldi, e poi via via invecchiando un certo senso di insoddisfazione: a lungo andare la vita di gentiluomo di campagna dovette venire a noia a Francesco: quando si occupava delle sue terre in Monferrato (vendute nel frattempo per non dover pesar troppo sulle spalle di lei) almeno era giovane, di gamba buona. Scrive al fratello: « tutti qui parlano di pernici – che peccato non essere più giovane, robusto, indipendente – e avere un cane! È una passione che non si può dimenticare, io la sento, ma pure, da qualche anno a questa parte, la tengo a freno... Domineddio me ne tenga conto... »

Non sopravviverà comunque molto a Teresa. Questa muore a Genova nel luglio del '60, ha cinquantaquattro anni ma il suo fisico è minato dai troppi parti e da una vita spesa senza risparmio di sé così come le sue sostanze (ed erano ragguardevoli!) sono state spese per gli altri con slancio e amore. E il suo ultimo atto d'amore è questo testamento « mistico » che detta al notaio il giorno prima di morire: amore per il marito, per i figli, persino per l'Annetta per la quale dispone un lascito di lire 1,60 al giorno « sua vita natural durante, in attestato di mia gratitudine per i suoi buoni servigi ».

E sicuramente, mentre dettava queste sue volontà, la schiena sostenuta da una pila di guanciali (tra i capelli che sfuggono alla cuffia da notte pochi dovevano essere i fili bianchi), si sarà sentita pervadere da un senso di pienezza. Le figlie, i figli, il suo « ottimo » Francesco. Con gli occhi della mente li vede tutti intorno a sé, dettava al notaio ma era come se si rivolgesse a ciascuno di loro. Vi ho amato tutti, amatevi anche voi. Era spossata, faceva fatica a parlare; ma finché avesse avuto fiato non si sarebbe mai stancata di « caldamente raccomandare » a tutti il santo timor di Dio, la carità verso il prossimo e ancora, sempre, « di amarsi da buoni e leali fratelli, di usarsi indulgenza l'un l'altro, di assistersi reciprocamente e meritarsi in tal modo la benedizione di quel Dio alla cui presenza io confido di trovarmi quando si leggeranno queste pagine ».

Dopo di che, a occhi chiusi, si sarà estraniata da ogni pensiero terreno per affrontare da sola quella Presenza.

V

VIVA L'ITALIA
VIVA PIO IX

Nessun evento di particolare rilievo segna la vita di Felicina e Baciccino, trascorsa tra Genova, Torino e, dopo l'Unità, Firenze. Nel 1854 moriva Gian Antonio; l'anno dopo, Filippo. Ultraottantenni entrambi, però tempre, come si dice, di una volta. Ghiotto di pesci fino all'ultimo il signor Filippo, di cacciagione Gian Antonio: tormentato, infatti, dalla gotta. La morte dei due fratelli apre l'annosa e complessa vicenda della divisione Raggi, che terminerà nel '58 con la spartizione in lotti della proprietà e l'assegnazione di Campale a Baciccino. « Quanto meglio vi fosse toccato Fegino anziché Campale! » si doleva Paola. Anche Felicina si rassegna male: farsi dare carta bianca dal marito per la ristrutturazione del palazzo e delle fattorie, sarà la condizione senza la quale – mi sembra di sentirla – lei a Campale non metterà più piede.

Scorro le carte, anzi le scartoffie, grossi plichi dalle pagine spesse che crocchiano nel girarle. Testamenti, inventari, bilanci. Quanti occhi le avranno percorse in cerca di un pretesto, un appiglio. Le carte che si conservano in genere sono lì per dimostrare qualcosa, per puntarle come un dito accusatore contro qualcuno, genitore, figlio, fratello. Uno stesso filo sembra legarle assieme ed è un filo tenace, vischioso, un po' repellente: a sciogliere i capi, è come liberare il verminaio che vi si nasconde.

Giulio Raggi col suo mite sguardo celeste non si sarebbe mai sognato di litigare coi fratelli, ma sua moglie Giovanna era, a modo suo, più esosa ancora degli Oneto. Nella sua lunga vita trovò modo di questionare con tutti: col genero, col nipote, con la figlia Eugenia, col marito di lei. Vecchia strega, la chiamava mio nonno. Ma appunto, a quel tempo, era vecchia; e certi atteggiamenti potevano esserle perdonati in ragione dell'età. Alla morte di Gian Antonio invece era giovane, era bella (« salutami la bella Giovanna! » scrivono gli amici di Giulio), sposa felice e incinta per la terza volta: chissà che dopo due figlie femmine non arrivi il sospirato figlio maschio?... E invece già la rodeva quel tarlo, quell'angoscia: sicuramente anche il suo viso doveva esprimerla quando si metteva a parlare di soldi, e farsi rapace, puntuto.

«Io non so spiegarmi», scriveva al marito, «l'eccesso di indolenza, o di pigrizia, che ti ha preso quest'anno nel non voler far nulla di quello che ti scrivevo: non hai mandato le ricevute che ti avevo scritto perché Baciccino riscuotesse a nome tuo il denaro che scadeva il 1° febbraio, io credevo che lo avresti eseguito... che riscuotessi i frutti maturi della mia dote... tu non facesti mai nulla e intanto è nato nel cervello di Baciccino di voler riscuotere tutto ciò che può e di non voler pagare niente, e di lasciarci senza denari...» dove la paura di essere defraudata del suo (dal cognato in questo caso, da altri in circostanze analoghe, da tutti insomma fuorché dai preti – ed era da questi, se mai, che avrebbe dovuto guardarsi) dà alle sue parole un che di stridulo, di petulante: e la necessità di darsi da fare è un'urgenza febbrile, un po' isterica, che si infrange contro l'indolenza, o peggio inettitudine, del marito. Lui proprio un Raggi in questo, negato agli affari come il padre e lo zio: i quali, per non aver mai voluto curarsene, avevano lasciato agli eredi una situazione patrimoniale talmente ingarbugliata che ci eran voluti anni, poi, per districarla.

Giulio ama la caccia, le sgambate solitarie su per i bricchi intorno alla Badia, la boscaglia rada dalla quale in quei brumosi mattini di novembre capita di vedersi levare una beccaccia. E Giovanna lo incalza a voce e per lettera – fa' questo, fa' quello –, correndogli dietro con quella sua andatura un po' affannata, i boccoli che le sbattono ai lati del viso come a sottolinearne la disapprovazione e lo scontento. Oppure è la sua penna, come intinta in un veleno pallido e corrosivo, a tracciare sul foglio frasi all'apparenza innocue, in realtà miranti a metter zizzania tra i fratelli. Lo sa, Giulio, che costoro sono andati nel palazzo di via del Campo, han girato, guardato... chissà cosa avevano in mente?... E Baciccino che parla di recarsi a Fegino per l'estate... ma non dovrebbe prima mettersi d'accordo con lei? Lui (Giulio) sa bene come nel suo stato le sia necessaria una villeggiatura tranquilla ma al tempo stesso facilmente raggiungibile in treno o in carrozza (e Fegino è appunto vicino alla strada ferrata) nel caso « si avesse bisogno del soccorso di un medico ». Oh, con questo lei non vuol certo che il cognato debba rinunziare ad andare a Fegino. Dice così, tanto per dire... perché lui, Giulio, al caso, sapesse regolarsi...

La successione Raggi insomma fu fonte di crepe insanabili tra i fratelli, ebbe strascichi anche giudiziari, portò allo smembramento della proprietà e alla fine scontentò tutti: anche se alla luce dei fatti l'assegnazione di Campale a Baciccino doveva risultare meno drammatica di quel che era sembrato al momento.

Altre carte, lettere, fotografie. Sono i tasselli per cento altre storie da scrivere, dal momento che la storia di ciascuno di noi si lega a quella degli altri. Felicina mi ha guidato a Teresa, Teresa a Francesco; ora Francesco mi riporta a Baciccino.

Insieme, nel '49, i fratelli si arruolano nella Guardia Nazionale. È un momento che fluttua, con le sue diverse e contrapposte implicazioni, al di sopra (al di fuori?) delle vicende strettamente private della famiglia. Il '49; o anche, i moti del '49. Mio nonno bambino ricordava appunto di averne sentito parlare dallo zio Baciccino – lo zio Francesco non l'aveva mai conosciuto – e lo zio Baciccino a sessantacinque anni era per lui vecchissimo, un austero signore dalla barba argentata con alle spalle una vita altrettanto austera – presidente di questo, membro di quest'altro – che tuttavia, quando era in vena, in una serata accanto al fuoco o nel corso di una passeggiata, era capace di tirar fuori, come un prestigiatore dal suo cappello, avventure mirabolanti di cui insospettatamente era stato protagonista. « Devi sapere che nel '49... » ed era come l'avvio a una favola. Lui ufficiale delle Guardie, al comando di una compagnia che presidiava il forte Sperone; oppure il facchino « Tre Soldi », quello che voleva « fâ tanta tonnina dei piemonteixi » ma quando i Bersaglieri di Lamarmora avevano cominciato a sparare si era infilato sotto il letto, e a chi cercava di tirarlo fuori raccomandava di issare sul forte « a bandea du re de Turin ». Oppure quelle sentinelle di guardia alla porta della Lanterna che invece di far la guardia si eran messe a giocare a carte, e a un certo punto – « miâe miâe! » – avevan visto delle nere-azzurre penne di gallo apparire sopra agli spalti. Un gallo! Ecco che già l'idea di mangiarselo arrosto gli faceva venire l'acquolina in bocca; sennonché il gallo si era rivelato il cappello di un Bersagliere, e sotto il cappello c'era un fucile imbracciato: alle sentinelle non era rimasto che alzar le braccia e arrendersi ai piemontesi. C'erano poi anche racconti di ruberie e di saccheggi, sia da parte degli insorti che dei Bersaglieri: anzi forse più di questi che degli altri, a seconda di chi lo raccontava. In genere, i moti del '49 avevano diviso Genova, si era pro o contro il Piemonte, pro o contro Lamarmora, pro o contro i Bersaglieri. Il padre di mio nonno, per esempio, era pro Piemonte, pro Lamarmora, pro Bersaglieri: i Raggi invece, contro. E così mio nonno si era trovato a sentire due campane diverse, quella dei pro e quella dei contro; anche se quello di Baciccino (di Francesco non so) doveva essere un contro piuttosto moderato. Moderato, nel senso che vestire l'uniforme di Guardia Nazionale aveva significato per lui compiere il suo dovere non tanto di genovese o di piemontese, quanto di italiano. Che non era un modo di pensare molto diffuso a Genova; forse (nel '49) addirittura in anticipo sui tempi. Ma tanto per lui come per Felicina, c'era quest'idea, più o meno copertamente coltivata, di un'Italia unita: un'idea che ritrovo come un filo conduttore, nelle carte sue e di Felicina, nelle loro frequentazioni, nelle loro amicizie. Quella di D'Azeglio, per esempio: o di Cavour. Di D'Azeglio ho ritrovato lettere confidenziali, però di scarso interesse: era stato male, aveva « il corpo in dissesto »; ringraziava Felicina per un non specificato servigio che gli aveva reso; chiedeva notizie di amici comuni. Quanto a Cavour, il noce d'India che ancora oggi spande la sua ombra rada e leggera sulla ghiaia del piazzale, è sempre stato detto il noce di Cavour: a ricordo di una sua visita a Campale? Non risulta che l'abbia mai fatta; ma basterebbe che l'avesse annunziata e poi disdetta, o che una volta Baciccino fosse tornato da Torino con una piantina in tasca dicendo che glieva aveva regalata Cavour, perché subito la leggenda prendesse corpo.

ANCHE la vicenda Migliorati si colloca in quel periodo: uno spiraglio sulla Storia con la esse maiuscola che adesso è Felicina a schiudere per me grazie a una delle sue solite buste celestine. Su questa, la scritta è « Migliorati alla guerra »: e dentro c'è un fascetto di lettere con l'annullo della « Regia Posta Militare Sarda ».

Siamo nel 1848, la guerra in questione è la prima delle guerre per l'Indipendenza: il luogo, la riva sinistra del Mincio, fra Cavriana e Castiglione dello Stiviere. Luoghi lontani, di cui Felicina va imparando i nomi sulle lettere di Migliorati: li cercherà poi sulla carta, e nel suo ricordo si accompagneranno a un acre sapore di sangue e di polvere da sparo, un lezzo di morte che la retorica risorgimentale non riuscirà mai a cancellare del tutto. Si sa come finì quella campagna, e come la somma degli insuccessi (prima Custoza, poi Novara) si ritorcerà su Carlo Alberto, costretto a una precipitosa fuga da Milano, e a Genova sfocerà nei moti, appunto, del '49. (Quell'atavico odio contro i piemontesi che finalmente troverà un movente, una giustificazione: e da sotterraneo che era potrà uscire allo scoperto e farsi voce di popolo, sdegno, furore, quasi come cent'anni prima contro gli austriaci al grido di Balilla.)

Ma chi era Migliorati? Credo di averlo identificato in un nipote della cognata Ersilia sposata Migliorati: dunque una specie di vago cugino. Un giovane sui vent'anni, infiammato anche lui d'amor patrio. Per quest'amore era scappato di casa e si era arruolato volontario nel Reggimento delle Guardie: ciò di cui Felicina dovette essersi sentita un poco responsabile. Non direttamente, per averglielo in qualche modo suggerito: ma piuttosto per il clima che il giovane Antonio dovette aver respirato in casa sua.

« La causa per cui mi trovo qui », scrive Migliorati a Felicina, « è santa e giusta, e discesa da quel Dio che tutto può e tutto vuole, e che per l'ottimo fine ci guida tutti a farne parte. Dunque viva l'Italia, viva Pio IX messaggero dei divini voleri, e benedetto il giorno in cui discese l'Angiolo dal Cielo a mettermi sulla via intrapresa! »

Dove è abbastanza ovvio chi voglia sottintendere con quell'Angiolo.

Felicina ha trent'anni, è sposata da più di dieci e conduce a fianco di un marito esemplare una serena esistenza di sposa altrettanto esemplare: e solo una fantasia malsana (ma ho, ogni tanto, di queste fantasie) può farmi immaginare un cedimento in quella virtù, un rossore e un turbamento nei confronti del cugino che la paragona a un Angiolo del Cielo e la accomuna alla Causa per cui è pronto a combattere e morire.

Eppure sono sicura che quelle parole dovettero turbarla. Finché le leggeva al marito erano parole innocenti, chiunque avrebbe potuto rivolgergliele, e a maggior ragione un giovane verso il quale si era assunta il ruolo di madrina di guerra. Ma se faceva tanto di rileggersele per conto suo, anche le più innocenti si trasformavano in un messaggio in codice, e il senso di quel messaggio era anche troppo eloquente. Cara Amica. Fiammeggiava quella maiuscola in cima al foglio, e tutto quello che seguiva era come illuminato dal riverbero di quella fiamma. Cara Amica, non cara Felicina, o cara Cugina. Amica: e dietro quella parola c'era Amante, Amata, c'era tutto quello che per un momento sentiva (si illudeva?) di significare per quel ragazzo tanto più giovane di lei; al quale, forse per la sua (di lui) giovinezza la propria maturità doveva risplendere come un frutto desiderabile e proibito: la sera, sfacendo la massa dei suoi capelli si sorprendeva a guardarsi allo specchio con gli occhi di lui, e il gesto della mano si faceva più molle, rallentato da un ambiguo desiderio di guardare oltre che di essere guardata: o forse di tutte e due le cose insieme.

Eccola allora chiedersi se deve o no continuare quella corrispondenza col cugino. Ma « sappiate », scrive lui, « che i vostri caratteri sono per me un vero balsamo, non già a rinfrancarmi nel coraggio ma bensì per rallegrare qualche momento dell'animo mio... » E ancora: « fu tale la consolazione nel leggere la vostra lettera che vi assicuro, mi caddero le lagrime per effetto di un piacere, di una gioia che provai uguale alla più grande felicità che uomo possa desiderare... »

Non può Felicina negargli questa felicità, il dovere (quel ruolo di madrina di guerra al quale ormai si è affezionata) le impone di continuare a scrivergli, di « rallegrarlo » e infondergli coraggio. Anche se per il momento, più che di coraggio, Migliorati avrebbe bisogno di pazienza.

Il suo reggimento, formato per lo più di riservisti e « nuove leve », sa di raccogliticcio; l'addestramento è stato fatto in fretta, ed è per forza di cose sommario e superficiale: tant'è vero che, « non volendo avere sulla coscienza il sacrificio di molte vite per effetto di inesperienza », Migliorati ha scelto di arruolarsi come soldato semplice. Le spalline che ha rifiutato, spera di conquistarsele « col sudore e col merito » sul campo di battaglia. Ma l'attesa è lunga, per il momento gli tocca vegetare in un ufficio di fureria come uno scritturale qualsiasi: la guerra è altrove, è di là dal Mincio, e gliene giunge solo l'eco attraverso la voce del cannone o dell'artiglieria (« sono le quattro del pomeriggio e la nostra Artiglieria fa fuoco su Peschiera ») e i concitati racconti di fortunati che vi han preso parte. « Si spera che domani avremo preso Peschiera... » Invece, le sortite che hanno acceso le sue speranze non hanno seguito: presto sfumerà anche quella di marciare su Mantova. Sarà, per definizione, la guerra delle « occasioni mancate »: difatti, le azioni vittoriose (e tutte lo furono, fino a Custoza) venivano vanificate dalla mancanza di organizzazione, di tempestività, di spirito d'iniziativa: invece di incalzare il nemico in fuga gli si concedeva respiro, permettendogli di riorganizzare le proprie file e fronteggiare con forze fresche lo scontro successivo. « Tutti », scrive, « vorressimo come lupi gettarci sopra quei tiranni [leggi, gli austriaci] i quali, avendo da pochi giorni abbandonato quei paesi, ne proviamo noi le conseguenze, trovando scarsità di viveri e meno generosità nel modo di ricevere da parte della popolazione... » Il cibo difatti comincia a scarseggiare, e Migliorati lamenta come da diversi giorni ormai egli « non pranzi » bensì « mangi per non morire». Lo spettro della fame adesso è «ciò che più abbatte la truppa». Il disservizio negli approvvigionamenti fu, in realtà, una delle pecche più gravi di quella sfortunata campagna: dirottare il malcontento sul nemico è però un sistema che ha funzionato dacché mondo è mondo. Ci casca Migliorati, insieme al resto della truppa, prendendosela, oltre che con gli austriaci, anche coi milanesi: altro capro espiatorio sul quale faceva leva la propaganda. Se il Migliorati li accusa di «poca lealtà e confidenza in quel Sovrano che per loro espone vita, trono e sostanze, e tutto ciò che forma la potenza del suo Governo» non fa che ripetere quel che in alto volevano si ripetesse. E da buon suddito di Carlo Alberto non può non sentirsi avvampare di «sdegno generoso» verso la Lombardia per la sua «inerzia», e infierire contro «i signori lombardi» i quali «credono falsamente di potersi schermire da' loro doveri producendo e facendo pompa del fatto – bensì glorioso – delle cinque giornate di Marzo». «Ma ditemi un po'... sarebbe di là partito Radetzky se noi nello stesso tempo non avessimo avanzato verso i confini Lombardi?» Eppure quelli non vogliono dividerne il merito coi piemontesi, anzi già si pentono di averli chiamati e credono di potersela cavare con sbrigativi ringraziamenti, dimostrandosi così non solo degli ingrati ma dei pavidi, per non usare parole più forti: un popolo, come lo definisce, «non animato da sentimenti bastantemente generosi [leggi, non animato da una molla di amor patrio simile al nostro] da esporre la propria vita...»

Attraverso la retorica delle sue parole emerge comunque una realtà ben diversa da quella che vorrebbero far credere i bollettini di guerra. Nessuno è esente da colpe. «Per nostra disgrazia il Re fu sempre attorniato da persone non leali, e capaci di tradire. Queste sono ancor sempre al suo fianco, e per loro dobbiamo piangere non compiute vittorie. Oltre di Superiori tutt'affato in capo all'Armata, come Generali ecc., abbiamo purtroppo de' Colonnelli e de' Maggiori che fanno la guerra non perché persuasi della causa che difendiamo, ma soltanto per conservare il loro posto. Vorrei, cara Amica, potervi parlare a quattr'occhi, direi cose che fanno rabbrividire e che sdegnerebbero chiunque contro alcuni individui che cercano con ogni mezzo di rovinare l'Armata, d'impaurirci per mezzo di qualche sconfitta... Ciò fa sì che ne' fatti d'arme ogni ufficiale badi solo a condurre i propri uomini dinanzi al fuoco, punto curandosi degli ordini superiori, e a noi non resta che fidare nella Provvidenza per sortirne col minor danno possibile... »

Ne sarà, lui, « sortito »? La sua ultima lettera porta la data del 10 luglio; e la battaglia decisiva fu combattuta tra il 20 e il 25. Ormai sicuramente Migliorati aveva avuto il suo battesimo del fuoco.

In uno dei salottini di Campale c'è una serie di stampe colorate, di fanti che brandiscono la baionetta, inciampano e cadono a braccia levate. Sono stampe risorgimentali, di azioni singole o battaglie; e mi chiedo se scegliendole Felicina non avesse avuto in mente Antonio Migliorati, morto, ferito o fatto prigioniero in uno di quei paesi lungo il Mincio dai nomi ormai entrati nella storia: Monzambano, Valeggio, Salionza, Staffalo, Custoza... A Custoza la divisione del generale Della Rocca, cioè proprio quella di cui faceva parte Migliorati, si era ritrovata coi suoi laceri battaglioni a sostenere da sola il peso della disfatta.

E Migliorati? Forse immaginandolo morto o ferito lavoro di fantasia. Ma quei fascetti di lettere che Felicina chiude diligentemente in una busta e archivia con una scritta lapidaria (in questo caso, « Migliorati dalla guerra ») in genere si riferiscono ai morti.

Come un caso chiuso, un passato che, se non si può abolire, si può (si deve!) rimuovere: senso di colpa compreso. Non è in fondo anche quello che ha fatto con Charlotte?

VI

CHARLOTTE

La solita busta, la solita scritta: « Georgine Caroline Charlotte de la Mothe, che fu figlia adottiva del M.se G.B. Raggi e morì nel 1856 ». Una vicenda lontana, ma che ancora le duole: la scritta impersonale serve ad allontanare (forse anestetizzare?) il ricordo.

Neanche in questo caso Felicina rinunzia al pignolesco bisogno di classificare, inventariare: non tanto per sé quanto per i posteri – ha pur sempre nipoti e pronipoti (alla fine avrà me) che vorranno sapere. Anche se poi, affidandosi al loro intuito, spesso lo sopravvaluta. Quanti, prima di me, avranno avuto la pazienza di indagare su Charlotte? Io, rispetto a loro, partivo in qualche modo avvantaggiata. Conoscevo i metodi di Felicina, quel suo giocare con me a una specie di rimpiattino, acqua, fuochino, fuocherello, fuoco. Anche nelle cacce al tesoro c'è un bigliettino, una frase da interpretare che ti rimanda a un altro bigliettino, a un'altra frase. Lei questo faceva, mi metteva sulla buona strada, era generosa nello spargere tracce, segnali: sapeva che prima o poi li avrei raccolti.

La foto della bambina infagottata nella mantella di panno nero mi aveva intrigato a lungo prima che riuscissi a darle un nome. E a illuminarmi è toccato all'altra foto gemella (stessa cornice, stesso passe-partout ovale, in rilievo) di Teresa: o piuttosto, l'ingrandimento della foto formato visita che già conoscevo. Perché, se Felicina aveva incorniciato allo stesso modo i due ritratti, doveva esserci un motivo. Teresa la madre, Charlotte la figlia... certo, come avevo fatto a non capirlo subito? Ma tutto, in questo viaggio all'indietro, era destinato a rivelarmisi per gradi.

Charlotte dunque. Charlotte appena approdata in casa Raggi, frastornata dalla novità, oggetto a sua volta di curiosità e circospezione: come un giocattolo nuovo, una bambola ecco, da vestire e svestire: e Felicina appunto dai vestiti aveva cominciato, come quelle madri che per le proprie figlie non guardano a spese: e le vogliono infiocchettate, infronzolate: la cuffia coi pizzi, la mantella coi riporti di velluto, il fiocco di taffetà. Risultato, una bambina camuffata da persona grande come una scimmietta ammaestrata.

Povera piccola Charlotte. E povera Felicina, anche. Non è facile improvvisarsi madri a trentacinque anni, soprattutto se non si è particolarmente portati per i bambini. La voglia di averne di suoi c'era, e fortissima: almeno i primi anni. La sorella fa un figlio dopo l'altro, sua madre ne ha avuti quattro dal primo marito e altrettanti dal secondo. Anche la cugina Caterina non ha perso tempo: una femminuccia e due gemelli. Di tutta la famiglia è lei l'unica a non averne. Comunque non si dà per vinta: medici, specialisti, cure a Salsomaggiore: tutto quel che fa una donna quando i figli non vengono lei l'ha fatto: ora si è rassegnata. È il momento di Charlotte.

Ma chi, veramente, è Charlotte?

La vicenda dell'orfanella martinicana destinata a diventare la loro figlia adottiva va letta tra le pieghe dei documenti che la riguardano: un atto di nascita, da cui risulta nata a Saint-Pierre della Martinica nel giugno del 1843 da dame Marie-Jeanne de Sainte-Lucie, morta a Parigi a ventisette anni e da sieur Henri de la Mothe *rentier*, morto anche lui a Parigi, a quarant'anni; e un atto di morte, redatto a Torino nel 1856.

Charlotte ha dieci anni quando arriva in casa Raggi: è una bambina spaventata, traumatizzata dalla scomparsa dei suoi (« quoique bien jeune, le malheur a déjà marqué ton existance: bien enfant encore, tu as perdu une mère qui prie pour toi et qui du haut du Ciel surveille sa fille chérie... ») e dalla sua condizione di orfana senza famiglia. La fotografia mi mostra un viso paffuto, una fronte a bauletto, capelli castani spartiti in due docili bande. È in piedi vicino a un tavolino, la destra pende rigida lungo il fianco, l'altra (forse su consiglio del fotografo) posa sui volumi impilati sul tavolino. Ed è seria, terribilmente seria: le labbra addirittura sporgono, un po' gonfie, nella mossa tipica di chi sta per piangere e si trattiene. È la soggezione del fotografo a trattenerla, o della zia?... *Tante Félicie* sorride alle spalle del fotografo, è ancora nella fase in cui il sorriso le è facile, sorride per propiziarsela, sorride per farle animo, sorride per farla sentire a suo agio. « Ricordati che questa è casa tua. » Quante volte gliel'avrà detto? Ma alle spalle di Charlotte ci sono altre case, troppe: una sola era la sua, e l'ha perduta. Dopo, sicuramente, ci saran state le camerate gelide degli istituti che l'avranno accolta, i tristi pasti consumati in silenzio mentre una suora legge vite di santi. E anche lì le avran parlato dei suoi genitori, di sua madre che dal Cielo eccetera eccetera. Felicina deve ricordarle un poco quelle suore. I suoi occhi di bambina vedono in lei una donna alta, un po' ossuta, sulla quale i vestiti pendono senza grazia. Ha un bel dirle « sei a casa tua », Charlotte non si fida: in troppi gliel'hanno già detto.

Felicina, dal canto suo, è delusa. Pensava che il sorriso dovesse fluire spontaneo tra Charlotte e lei: che al calore con cui l'aveva accolta dovesse corrispondere un uguale trasporto da parte sua. Charlotte invece è un riccio spinoso che si ritrae in se stesso quando l'avvicina. Ha provato con le buone, attirandola a sé, gli occhi a livello dei suoi, prendendole le mani. « Charlotte, mon enfant... » Penetrare il mistero che si nasconde dietro quella fronte bombata, i pensieri, le ribellioni, le fantasie. Perché Charlotte non si confida con lei? Le viene istintivo di paragonare la confidenza fra loro sorelle e mammà, la felicità di quel rapporto di fiducia totale, tutto raccontato, condiviso, gioito-sofferto, nessun segreto mai fra quella che Teresa chiamava la « sua Trinità ». Ma la piccola fronte a bauletto si sottrae, ostinata, a ogni indagine, liscia superficie sulla quale le sue parole scivolano senza far presa.

Per la sua prima Comunione Felicina le regala un album, inteso a raccogliere pensieri, massime, sermoncini edificanti (usava). E lo inaugura lei stessa esortandola a « condursi bene », per meritarsi l'affetto suo e di Giobatta o – come dice più liricamente – « pour faire naître le sourire sur les lèvres de celui qui t'appelle son enfant, et devenir ainsi le centre des joies de notre famille, l'objet bien-aimé, la consolation, l'ésperance de tous, et la plus près de Dieu pour en obtenir les faveurs... » Però presto il tono muta, si fa sostenuto, come venato da una punta di asprezza; bene farebbe Charlotte a liberarsi da certi difetti che mal si addicono a una fanciulla prossima a ricevere Gesù Sacramentato: primo fra tutti l'ostinazione, definita ora « un vice cruel » ora « un crime »: ampliando il concetto col solito sermoncino moraleggiante che contrappone i difetti alle virtù.

« Oh, qui pourrait comparer le calme et la sécurité d'un enfant vraiment sage à l'inquiétude et le trouble de celui qui demeure insensible aux conseils qu'on lui donne... »

È chiaro che per lei Charlotte rientra nella seconda categoria. È scontrosa, musona. Non si applica. Sperava di vederla appassionarsi alla lettura (« heureux celui qui a le goût de la lecture, ses discours seront riches, ses vues élevées, les pensées abonderont dans son esprit, l'espression ne manquera jamais pour les rendre... ») o alla musica: ma niente. Quando siede al pianoforte Charlotte pesta sui tasti, si direbbe lo faccia apposta a sbagliare. E leggere sembra interessarla ancor meno. Le ha consigliato delle buone letture adatte alla sua età, una o due volte il cuore le è balzato di gioia vedendola a tavolino col libro aperto davanti finché si è accorta che non ne girava le pagine. « Sei andata avanti? perché non vai avanti? » Qualcosa su cui ormai non ha più controllo la spinge a insistere, a scalzare, ad aprire voragini là dove non c'erano che impercettibili crepe.

Charlotte non ne fa più una bene per lei. Se sta zitta, perché sta zitta; se parla, perché parla a sproposito, dimostrando di non aver tratto alcun profitto dai suoi insegnamenti. L'antipatia latente nei suoi riguardi si trasforma in avversione, e l'avversione prende forme persecutorie. Spalanca l'uscio della sua camera – « ah, sei qui! » – come stupita, e scontenta, di trovarcela. Oppure la guarda entrare nella stanza e il suo sguardo sembra sottolineare ogni suo passo e movimento con aperta disapprovazione. Quando le si rivolge, il tono è insieme velenoso e soave, per farsi soltanto soave alla presenza di Baciccino. Tutto in lei la indispone, dalla grana grossa, un po' untuosa della sua pelle, all'odore che emana da lei, verginale, un po' acido. Una volta in cucina l'ha sentita ridere con le donne e ne ha provato una stilettata al cuore. Allora con gli altri è diversa! allora sono io che la spengo – che le faccio paura! Si guarda allo specchio e il suo viso stravolto mette paura anche a lei. È così che mi vede?... Dio Dio Dio. In ginocchio di fronte al crocifisso affonda il viso tra le mani. Fino a quel momento si riteneva una donna razionale, equilibrata, padrona dei suoi nervi: si scopre invece capace di meschinità incontrollabili, di gelosie, di odio persino. E verso chi?... Verso questa creatura innocente che ha accolto in casa perché potesse crescervi come una figlia... Ma, mio Dio, per considerarla figlia bisognerebbe che anche lei corrispondesse in qualche modo alle sue aspettative. Che capisse cosa si voleva da lei. Amore per la casa, per esempio: interesse per quello che un giorno sarebbe stato suo. Prendiamo gli armadi della biancheria: c'è, attaccato all'interno di ogni anta, la lista di quel che l'armadio contiene. E così per l'argenteria, il vasellame: tocca alla padrona di casa occuparsene, e infatti se n'è sempre occupata lei, ma le piacerebbe che Charlotte si offrisse di darle una mano. Invece niente, nemmeno quando la vede in bilico sullo scalotto, nemmeno quando stan per scivolarle di mano pile di tovaglioli. E questa, dovrei considerare mia figlia? Chi non mi vuole non mi merita, si dice allora fra sé. Altezzosamente gira per casa, le vesti spazzano per terra con moto largo, regale. Le donne del suo tempo dovevano servirsi della crinolina come del ventaglio, per esprimere di volta in volta sdegno, collera, distacco. Con distacco passa accanto a Charlotte: la sfiora e non la vede. Allo stesso modo può sederle di fronte a tavola e vedere non lei, ma la tappezzeria alle sue spalle, il riquadro della finestra. I silenzi tra loro sono massicci, e crescono fino al limite della tollerabilità: ma certo non sarà lei a infrangerli per prima. La sera mentre ricama in salotto, e Baciccino legge uno dei suoi giornali, la sa, più che non la veda, seduta in punta di seggiola con le mani in grembo. Inoperosa, al suo solito. Oppure soltanto in attesa che qualcuno le suggerisca cosa fare?... L'ago, a questo pensiero, si arresta a mezz'aria: e se provasse a dirglielo? La tentazione è un frullo d'ali, qualcosa di leggero, liberatorio. Se provasse ancora una volta a rivolgerlesi, a parlarle col cuore in mano?... « Écoute, mon enfant... » Ma la voce che le esce ha un tono pedante, da maestra di scuola. Ecco, forse il guaio sta nel fatto che ormai ha preso a vedersi con gli occhi di Charlotte, e quel che vede non le piace. No, no, niente da fare. L'ago torna veloce a pungere la tela, parole come « insensibilità » e « ingratitudine » medicano una sconfitta che sarebbe intollerabile, se non ne imputasse la colpa a lei.

« L'enfant sage », scriverà nell'album, « fait la joie de sa famille, il comte sur l'appui du Ciel et il espère après sa mort obtenir les palmes immortelles qu'une main innocente a seule le droit de cueillir... l'enfant méchant ne porte que le désordre autour de lui, il trompe l'amour de sa famille et s'advance d'un pas incertain dans la vie... ses mauvais sentiments le rendent odieux, et semblable à une fleur desséchée tout à coup par un vent brulant et pestilentiel, il se penche prématurement vers sa tombe, et sa tige, qui devait croitre et vivre par la Grâce, se flêtrit sans avoir produit aucun fruit et sans être digne de regret... »

Un quadro funesto, di cui Felicina deve essersi compiaciuta a caricare le tinte. Certo non immaginando quanto le sue previsioni fossero azzeccate, e quanto presto fossero destinate ad avverarsi.

Pochi mesi dopo – aveva appena compiuto tredici anni – Charlotte muore di perniciosa a Torino. Non c'è nessuno con lei (è il periodo della divisione Raggi, incontri, abboccamenti con avvocati e notai, per Felicina e Baciccino un continuo su e giù fra Torino e Genova); lei dunque rimasta in casa coi soli domestici, il medico chiamato forse troppo tardi, la febbre (« vent brulant et pestilentiel ») che sale inarrestabile, e nessuno al suo capezzale a bagnarle le labbra o a rinfrescarle la fronte. Saranno mani mercenarie a chiuderle gli occhi; e il resto si riduce a una voce in più nella contabilità di casa Raggi, una voce passiva (« cassa in legno di noce come da ricevuta, L. 150 – medici L. 400 – medicinali L. 132 – brodi particolari L. 30,40 – trasporto del Cadavere per strada ferrata per Novi Ligure e vettura per Campale L. 183 – mance diverse e spese impreviste durante la malattia L. 200 »), e, nel cuore di Felicina, una molestia, un disagio, niente di veramente definibile, solo un pensiero da tenere a bada perché non abbia a trasformarsi (degenerare) in rimorso.

Quando deciderà di far ordine tra le sue cose, metterà tutto dentro una busta. Scriverà il nome di Charlotte sulla busta; e in qualche modo, per la seconda volta, si libererà di lei.

(Dopo, ancora, farà incorniciare la foto sua e quella di mammà.)

VII

IL PAVONE, NATURALMENTE

Un salone grandissimo, tutto vetrate. Uno scalone a ellisse. Mobilio nuovo, fatto su commissione (a Genova, l'ultimo grido è il mogano lavorato da certi ebanisti inglesi memori del « retour d'Egypte ») e nicchie, busti in marmo, caminiere. Quello che non le è riuscito con Charlotte deve riuscirle con Campale: Felicina ha ancora tante energie da spendere, tanta voglia di fare, di brigare. Dirsi « l'ho fatto io » cancellando ogni traccia del passato. Che comunque è un passato non suo, e non la riguarda. Nessun ricordo d'infanzia da voler conservare. O facce di persone viste invecchiare assieme alla casa come un parato, una tappezzeria: sulle quali ogni stagione lascia un segno. Rita, la figlia del camparo, era una ragazzetta quando lo ero io, ho visto sposare lei, poi una dopo l'altra le sue tre figlie; ora quando la scorgo a messa o a un funerale non la distinguo dalle altre vecchie col fazzoletto in testa e dalle facce chiuse che si rifiutano alla compassione come alla confidenza. E Pippo (questo nome ricorrente in famiglia, ma che in questo caso si riferisce al giardiniere figlio del Dullo, giardiniere anche lui al tempo di Felicina) non si è più ripreso dalla morte della moglie, si considera un uomo finito, ogni volta che vede me o mio marito si mette a piangere: « non servo più a niente ».

Ma per Felicina niente di tutto questo, solo ricordi brutti, di quando a Campale ci veniva sposa e si annoiava a morte, niente da fare tutto il giorno fuorché giocare a carte col signor Filippo, e la sera presiedere a rumorose tavolate di cacciatori amici di Baciccino. E la casa era sporca, maltenuta; la servitù insolente.

Per cui, ripartire da zero.

La casa nasce nella sua testa completa di tutti i particolari, immagine da perfezionare via via nelle sue notti insonni e da fissare al mattino sul primo foglio che le capita a tiro, fosse pure il rovescio di una busta. Il tetto per esempio è una linea a zig-zag che sale, scende, torna a impennarsi in barba alle previsioni di chi lo vede in termini di lavoro. « Ci saranno complicazioni per le converse... » Ma Felicina non vuol saperne di complicazioni. Il salone per esempio. Come farà il soffitto del salone a reggere il peso di tutto il piano di sopra? Architettonicamente la cosa non si spiega. Novanta metri quadrati tenuti su da quattro tiranti: quando percorro il corrídoio di sopra, mi sembra di sentire i legni oscillare, un moto appena percettibile, un vibrare come di passerella sospesa sul vuoto. Ai lati del corridoio ci sono sei stanze, e abbiamo sempre avuto cura di collocare i mobili più pesanti contro i muri esterni per alleggerirne il peso: e tuttavia il timore che il tutto possa sprofondare un giorno o l'altro sussiste, o comunque viene coltivato col gusto un po' sadico con cui si teme – e tutto sommato si spera – una catastrofe.

Il salone è stato lo stravolgimento massimo operato su Campale: Felicina dovette considerarlo il suo capolavoro. Si intonava alla facciata, la completava; in qualche modo la giustificava. Una villa-chalet richiede un salone foderato in legno, un biliardo, rastrelliere alle pareti e segnapunti. Agio e comfort, ozi da villeggiatura autunnale, le vetrate aperte su uno spiazzo inghiaiato, su orci di limoni e seggioline in ferro intorno a un tavolo dove ormai fa troppo fresco per sedersi a prendere il tè.

E il resto? lo scalone, la stanza con l'alcova, la cappella? Perché quest'ultima allora era in casa, in un locale a terreno attiguo alla biblioteca, e Baciccino e Felicina assistevano alla messa da una grata da cui, in tempi successivi (quando la cappella venne trasferita nella limonaia), venne ricavato un armadio a muro. E l'ex cappella, trasformata in camera da ospiti, venne a far parte della cosiddetta foresteria: estranea al resto della casa, come un corpo a sé in cui entravo raramente, attratta dalle cineserie che il nonno custodiva in un armadio della biblioteca, ma intimidita dalla severità di un ambiente tutto « maschile », forse ormai più ufficio che biblioteca (il nonno infatti vi si chiudeva con l'amministratore a rivedere i conti), con una pesante scrivania e scuri mobili a vetri dei quali fui pronta a disfarmi appena potei (e a pentirmene subito dopo).

Ma il resto della casa?...

Mi baso sull'inventario redatto alla morte di Baciccino: « sala d'ingresso, salotto di sinistra, sala grande, salottino piccolo, sala da pranzo, camera da letto del Defunto, stanza Prima, stanza Seconda, stanza Terza, stanza Quarta, camera della Signora ecc. » si legge nei grossi fogli protocollo che portano l'annullo della Pretura di Molare; e mi viene la fantasia di confrontare quell'inventario con quello redatto trent'anni prima, alla morte del signor Filippo. Allora il salottino piccolo era definito « salotto di compagnia »; e c'era la « camera a manca » del salotto di compagnia, e quella « a destra verso mezzanotte » sempre rispetto al salotto di compagnia, e c'era il « lavorerio delle donne » dove poi venne il guardaroba, e il « dormitorio dei domestici » (« sei letti sopra panche con paglericcio e maderazzi con fodera buona bianca e blu ») e la camera di Felicina era in cima alle scale, quella di Baciccino « di mezzo al corridoio ». Una terminologia arcaica, e una topografia, anche, di cui si è persa traccia. Stratificazioni d'intonaci e vernici, di porte murate, di scale abolite e di gradini aggiunti hanno alterato la fisionomia originaria, e se ci fossero due piantine da far combaciare idealmente, le differenze risulterebbero superiori alle analogie. Per Baciccino non dovette essere facile orientarsi tra queste differenze, gli uomini sono abitudinari e si sgomentano quando trovano le cose cambiate di posto. Mio marito almeno è così, e se accenno a qualche cambiamento da fare, me lo boccia prima ancora che glielo abbia spiegato.

Felicina invece è nel suo elemento, le piace l'odore che ha la casa, odore di calce, odore di pulito, gira di stanza in stanza, scansa con le gonne tirate su i mucchi di segatura, i rotoli di carta da parati, i ponteggi, i secchi di tinta, i pennelli e le pennellesse: il decoratore le mostra i campioni delle tinte, pennellate sui muri che cambiano colore via via che asciugano, e anche lei cambia idea perché tutto si evolve via via, e quello che sembrava perfetto fino a un momento fa è sempre ulteriormente perfettibile, e niente ha mai posa per chi vive una casa e non la abita soltanto.

Ecco, adesso Campale è pronto. È la casa dell'acquarello, bianca con le persiane verdi, le aiuole a mezzaluna, i limoni, le fucsie, e il pavone, naturalmente. Nel piazzale la ghiaia stride all'arrivo delle carrozze, è giorno di visita e lei dai gradini del salone muove incontro agli ospiti col piglio e l'*aisance* della padrona di casa: ma di una casa finalmente – e solamente – sua.

HO RITROVATO i conti di quel periodo: quello di tale Rovelli falegname, che si impegnava a eseguire i lavori di pavimentazione e soffittatura in « buon legno di rovere, pioppo e larice » e a eseguirli « a fiore d'Arte »; di quell'altro artigiano non meglio identificato che provvide « gli stucchi e le sagomature » per il salone; del marmista autore dei « pogioli, camini in marmo, specchi e caminiere »; del tappezziere (« tappezzerie con tinte ai travi in legno »), infine della « lampisteria Bigueur » con sede in Genova, via Carlo Felice, per « lumiera di cristallo con lume all'argante 13 linee a corona, contrappeso ottone di 13 libbre e cordoni fasciati in seta verde » il tutto spedizione e porto compresi, per fr. 19.14.

Nel programma di rinnovamento di Felicina, naturalmente è compreso anche il giardino. Ha spianato, rialzato, accorpato. La casa sorge in cima a un montarozzo – il montarozzo, come un'isola, è lambito da un ruscello, il rio Ariana. Adesso anche un vialetto lo aggira, panchine lo intervallano, invitando alla sosta. Tutto è molto nudo ancora, ma c'è un disegno mentale (di aiuole, di siepi, di boschetti) che va pian piano emergendo, e di cui lei e Baciccino osservano con trepidazione lo sviluppo: ma anche con pazienza, assecondandone i ritmi che sono un po' – come per il contadino – quelli del seminare e del raccogliere. In queste cose non ci vuole fretta; ma intanto, ogni giorno porta qualche impercettibile progresso.

Ho ritrovato anche il conto di Cordone Giobatta, giardiniere in Sestri, per le piante da lui provviste per il giardino di Campale:

n° 3 piante di corocari	L. 1,10
n° 4 piante di magnolie	L. 12,10
n° 2 piante di spistochiri	L. 5 –
n° 4 piante di asomini	L. 3 –
n° 2 piante di dorodendi	L. 7,10
n° 4 piante di alori	L. 2,10
n° 1 piante di tasso	L. 1,5
n° 6 dozzine di rose migale	L. 8 –

È un piccolo foglio gualcito, molte mani da allora (porta la data del 1859) devono esserselo conteso per ridere di quelle bizzarre parole, dorodendi, asomini, spistochiri. E i corocari?... Avrà riso, Felicina, dei corocari (« aurocarie? » avrà azzardato mio nonno bambino prima di riderne con lei) e il foglietto avrà fatto il giro, un diversivo per una serata piovosa come gli indovinelli di Pippo Oneto o le sciarade.

Di qui in avanti ricorro a mio nonno bambino: alle sue lettere. Gli zii lo vogliono a Campale; lui ci va; riluttante, perché è a Badia, e staccarsi da Badia gli costa. Ma lo fa per compiacere il padre, sa che per lui l'appoggio degli zii è importante – sono gli unici della famiglia che parteggino per lui. (Paris Salvago aveva sposato Violantina, figlia primogenita di Giulio e di Giovanna; mortagli la moglie, di parto, il giovane Paris era stato per anni bersaglio delle ire della suocera, che non gli aveva mai perdonato le sue idee moderniste e l'ascendente che in questo campo aveva esercitato sulla figlia. E quelle ire erano esplose in tutta la loro violenza dopo la morte del marito, e conseguente nomina del bambino a suo erede universale.) Per amor suo – e per questo soltanto – il nonno bambino accettava quella sorta di soggiorno coatto che era per lui ogni visita a Campale.

Gli era duro separarsi dal padre. « Quando vieni? fa' presto, io non posso stare senza il mio paparino... » Paparino, papinin, pappetti: erano i nomi con cui lo chiamava, bambino; con cui continuava a chiamarlo ora, anche se ormai tanto bambino non era più. E la nostalgia per il padre è il leitmotiv di quelle lettere: « di tanto in tanto sento un passo, prendo una scossa, perché mi pare sempre il tuo... » « ieri sera ero in salottino, era già buio, e sento il rumore di una carrozza: la prima cosa che penso – ecco papà – ...corro, e invece mi trovo davanti il fattore... »

Dunque, già allora la ghiaia strideva sotto le ruote di una carrozza come oggi sotto le gomme di un'automobile. E si usciva a veder chi era dalla porta a vetri del salottino. Si delinea in embrione il Campale di oggi, i suoi usi, il suo modo di vivere. Ogni casa ha il suo, e spesso uno lo accetta (vi si adegua) senza pensare che quei suoi gesti ricalcano gesti antichi, che tutto quel che fa è stato già fatto, anni e anni prima di lui. La maniglia di quella porta gira all'incontrario oggi come cent'anni fa; lo scalino in cui mi inciampo faceva inciampare allo stesso modo Felicina o Giobatta. Anche l'odore che ha la casa d'estate, sicuramente anche questo era lo stesso?... Un odore di stoffa, di chiuso:

di caldo. Per il nonno Campale avrà avuto quest'odore così come Badia aveva il suo. Perché ogni casa ha un suo odore, anzi ogni casa *è* quell'odore, e non altro. Quando a primavera si riaprono le stanze chiuse d'inverno perché non riscaldate, ritrovo quest'odore ed è come se si mettesse in moto qualcosa che era stato fermo per mesi; con una certa fatica dapprima, come un meccanismo inceppato dalla ruggine e dal disuso. Sono i ricordi, le immagini, le abitudini interrotte, che a poco a poco tornano a vivere e dureranno fino all'ora di riaccendere i termosifoni – un nuovo inverno, una nuova stagione di letargo per quelle stanze, e i ricordi, le immagini, le abitudini che vi sono legate.

Una casa grande, segreta: così doveva apparire Campale agli occhi del nonno; ma era un ragazzo, e questo per lui non doveva significare gran che. C'erano porte chiuse, corridoi, scale per scendere (o salire) da un corridoio all'altro. Il nonno comunque non aveva curiosità per quel che si nascondeva dietro quelle porte; i suoi interessi erano tutti per il fuori, la campagna, le stalle, le scuderie, le case coloniche intorno alle quali si affaccendavano carpentieri e muratori (« una è già al primo piano, l'altra alle fondamenta »). Seguire la zia sui « lavori » era per lui il clou del suo soggiorno a Campale. Pietre, calcina, sabbia a mucchi intaccati dal badile come un budino dal cucchiaio; un lavoro comunque che si sta svolgendo sotto i suoi occhi: assistervi è un po' come parteciparvi. Anche a Badia gli piaceva essere dove si faceva qualcosa. L'azione è importante per un bambino, è il linguaggio che intende meglio di ogni altro. Suo zio in biblioteca che legge o chiosa un libro lo attrae senz'altro meno di sua zia che accorre « di là » quando si spaccano le tubature che portano l'acqua al palazzo, o che discute con l'ingegnere l'ordine del giorno dei lavori. L'ingegnere (si chiama Ferruzza) era uno degli ospiti fissi di Campale. Un uomo semplice, amante della buona tavola, però con interessi anche culturali; il nonno racconta di un concerto « vocal-strumentale » in cui volle dar saggio delle sue capacità canore e che fu, nel commento della zia, una cosa da far rizzare i capelli. E da come lui lo racconta al padre, dalle parole che usa, io so (sento) che in quel momento tra lui e la zia dovette esistere un'intesa perfetta, un accordo irripetibile, come di congiurati che per motivi diversi (lui perché non amava la musica, lei perché la amava) hanno sopportato impassibili lo stesso supplizio senza che un muscolo del loro viso tradisse la loro sofferenza (« mi chiamò nella sua stanza, mi domandò se mi era piaciuto il concerto e poi rise per un pezzo... »)

L'immagine di Felicina austera signora si scompone così in quella di una Felicina che ride a gola spiegata, dimentica (per una volta) dei suoi brutti denti. Finora ha sempre avuto cura di nasconderli. Sorride nelle fotografie, ma appena appena, un sorriso contegnoso, a labbra strette: a volte neanche quello. Ho composto un'ideale sequenza delle diverse Felicine – Felicina giovane sposa, Felicina quarantenne, Felicina coi primi capelli bianchi, Felicina tutta bianca, e infine Felicina vedova – e la costante di questa iconografia è una amabilità generica, raramente illuminata da un sorriso.

Non doveva avere trent'anni nel dagherrotipo che la ritrae assieme al marito sulla porta di una casa che potrebbe essere – anzi, è sicuramente – Campale al tempo del signor Filippo: Baciccino in tenuta da caccia, fucile sulle ginocchia e calzoni di fustagno, lei in piedi accanto a lui con un giubbino striminzito e una sottana a quadrettoni: un atteggiamento dimesso, di governante più che di moglie – forse a quel tempo ancora nello stato d'animo di chi « non si sente all'altezza ». Nelle foto successive invece sembra aver acquistato sicurezza, e direi persino nobiltà: la sua statura certo le è di aiuto, e la crinolina si allarga ai suoi piedi come un omaggio se non alla sua bellezza, a qualcosa che comunque emana da lei e la fa diversa (superiore) dalle signore del suo mondo.

Ultime in ordine di tempo, le foto a mezzo busto della vecchiaia. I capelli sono una nuvola bianca e vaporosa e contrastano col viso ancora fresco nonostante l'età; ha le spalle nude, giri e giri di perle su un décolleté che pochi anni dopo verrà velato da pizzi vedovili; così come le perle cederanno il posto al più luttuoso – e consono – giaietto. La « figlia Oneto » è ormai a pieno diritto la marchesa Raggi, o « scià Felicina » come la chiamavano a Campale: la nuova padrona con cui bisogna misurarsi e non sperare di farla franca come sotto i fratelli Filippo e Gian Antonio, buonanime. Per Campale comincia una nuova era.

TORNO alle lettere del nonno. L'operazione è sempre quella: leggerle e rileggerle fino a compenetrarmi del clima in cui sono nate.

Campale anni '80. Batto su questo: me lo dico e me lo ripeto. Da vent'anni Felicina ne è la padrona, e vent'anni sono più che sufficienti a dare un'impronta a una casa. Ci saranno state poltroncine in pelouche, braccioli morbidi, un po' lisi, col ricciolo in legno che a quell'epoca sembrava un'aggiunta indispensabile, come quegli arzigogoli sulle cimose delle scansie, degli armadi, delle testiere dei letti. E tappetini sui tavoli: di seta, di velluto, ricamati, con perline, incrostazioni; naturalmente frange. E lampade a petrolio d'ogni forma e tipo; snelle, panciute, in porcellana od opaline, un globo in vetro calato sul tubo, o una *tulipe*. Lampade che vengono accese sempre alla stessa ora, un rito puntuale, ripetitivo e per ciò stesso rassicurante. La fiamma appena accesa è fievole, poi si alza, stabilizzandosi in una luminosità blanda e diffusa che crea all'istante un senso di intimità fra i presenti, di appartenenza alla casa, alla famiglia, alla comunità. I domestici vanno e vengono, discreti, Felicina li amministra come le cifre dei suoi libri contabili, all'uno tocca questo, all'altro quello. Con gli anni ha imparato a farsi ubbidire, non occorre alzar la voce per riuscirvi, basta tenere un tono piatto e uguale e non lasciare all'altro tempo di inserirsi. Nessuna confidenza, nemmeno con la Ghita, la sua cameriera personale: anche se poi nel testamento si ricorderà di lei con un lascito che farà sensazione. Il nonno ragazzo invece ama bazzicare fra cucina e retrocucina, c'è un bel fresco d'estate e sulla tavola non manca mai il fiasco del vino e pane e salame per uno spuntino a metà mattinata. Il bucato si fa al fiume, e un giorno una piena improvvisa mette in fuga le donne: il nonno registra l'evento, avventura a lieto fine che però nel suo racconto si colora di toni drammatici: le lavandaie che cercano scampo su un isolotto risparmiato dalle acque, gli uomini richiamati dalle loro grida che le traggono in salvo tendendo loro una pertica e afferrandole per le vesti. Le ceste della biancheria, quelle, perdute: è il minore dei mali, tanto più che il nonno è stato rassicurato: di roba sua non c'è niente. Verranno comunque ritrovate giù a valle l'indomani.

Queste lavandaie non hanno nome, saranno state mogli di mezzadri o fittavoli reclutate per l'occasione. Infinita, la gente che allora gravitava intorno al palazzo. A Badia il nonno conosceva tutti, qui però tutti conoscono lui («ieri ho veduto il Tista, mi domandò di te...») e a sua insaputa certo già si mormora di lui come del futuro padrone.

Altro ospite fisso di Campale (oltre l'ingegnere) è Pippo, fratello di Felicina. Pippo Uno, lo chiama il nonno: lui, l'altro Pippo di famiglia, si accontenta di essere Pippo Due.

L'avevo perso di vista, Pippo Uno, quando era Pippino a Milano, nello studio del signor Raymond. Adesso è uno scapolo sulla quarantina, stessa voglia di far niente, stessa fama di donnaiolo, attento però a non lasciarsi incastrare. A Campale passava mesi interi, sereno e imperturbabile come se fosse lui a fare un piacere agli altri e non gli altri a lui. «Pippo Uno sta bene», scrive il nonno, «prende il suo vin bianco alle solite ore e fa pazienze...» Sono abitudini zitellesche che ritmano la sua giornata e anche – come l'accensione dei lumi – quella degli altri. Ha il culto della sua persona: ore e ore allo specchio a farsi il nodo alla cravatta, a spruzzarsi d'acqua di colonia. Ho una sua fotografia: cappello a tubo di stufa, finanziera, due bei baffi a manubrio sicuramente anche quelli oggetto di lunghe minuziose cure mattutine: e la posa, mano in tasca, l'altra che regge con disinvoltura la canna da passeggio, è quella del dandy. Un capo ameno, come si diceva allora. Cavalli, carrozze, i migliori sarti e i migliori camiciai: intanto è Felicina che paga i suoi conti. Ma oltre la fatuità – una cosa comunque non esclude l'altra – doveva esserci in lui qualcosa d'infantile, di ludico: come quel suo gusto per gli indovinelli, le sciarade. Collego tante cose. I fascicoli sfusi della *Gara degli Indovini*, mensile di enigmistica che furoreggiò alla fine del secolo scorso: ci credevo abbonato mio nonno, o mio padre (non badavo molto alle date) e invece no, l'abbonato era Pippo. « L'hai indovinata la sciarada che ti ho mandato? » (mio nonno a suo padre) « Pippo Uno ne sta macchinando un'altra... » « Pippo Uno sta bene, indovina sciarade, vorrebbe sapere chi è che si rese celebre per la sua lotta col Vendôme e guidò eserciti in Bulgaria... » E così le sciarade – scemissime – che mi proponeva il nonno a Badia (quelle chiare sere d'estate in cui si cenava ancora senza lume, la tavola ovale, i piatti bianchi e blu di un servizio di cui sopravvivono pochi pezzi scompagnati) e che io credevo improvvisate sul momento come anch'io, stimolata dal suo esempio, ne improvvisavo a mia volta, erano in realtà reminiscenze delle sue antiche gare con Pippino. Tra le carte di Felicina ne ho ritrovate di consimili, sgangherate e bislacche, scritte su foglietti sparsi nella sua inconfondibile grafia. Un esempio:

Il teatro a illuminar serve il primiero,
ma anche il mio secondo si rischiara,
di musica una nota è l'altro mio,
fra le vocali tu trovi il quarto invero;
ricorrere tu devi a esperto cuoco
a spiegare il mio tutto accanto al fuoco

la cui soluzione era GAS-TRONO-MI-A. E ancora:

Non c'è pietra che resista
al mio primier;
non v'è uccel che sfugga
al mio secondo;
non v'è turco che non entri
nel mio inter

soluzione: MINA-RETI. Il livello, appunto, era questo.

Come già per Teresa (« ah perché non sei nata tu uomo, e Pippino femmina?... ») anche per Felicina Pippino doveva essere stato un cruccio. Il fatto che non si sposasse; che fosse così svagolato. Era sempre stato il suo cocco, ma a questo punto al suo affetto di sorella si mescolava una carica sempre più intensa di esasperazione. Anche ritrovarselo sempre tra i piedi – ah, era ben buono Baciccino a sopportarlo! D'altra parte (difficile, per Felicina, non fare di tutto una questione di dare e avere) non sopportava anche lei suo nipote?

So, come se l'avessi sentito dalla sua bocca, che quel nipote di parte Raggi – cioè mio nonno – dovette essere l'unica ombra sul loro – peraltro felicissimo – matrimonio. Oh, niente di personale. Pippo Due era un caro ragazzo, riflessivo, maturo – anche troppo maturo – per la sua età (magari Pippino lo fosse stato altrettanto!) Però l'idea che un giorno tutto questo sarebbe andato a lui, le bruciava. Insopportabilmente, a volte. Non sa perché, ma ci sono volte in cui proprio non sa rassegnarsi. Non è giusto; non è per questo che si era spesa – e spesa come energie, come materia grigia, come dono di sé, di ogni fibra o molecola del suo corpo – anche se poi, alla domanda – per chi, allora?... – non avrebbe saputo rispondere. E la vedo andare e venire per la stanza, in uno di quegli accessi di collera che esplodono con tanta più violenza per averli dovuti reprimere di fronte agli altri. Come tutto le si abbuia intorno! e come quel buio vorticante sommerge ogni motivo di gioia, persino gli anni – quasi quaranta, ormai! – di vita con Baciccino. La collera falsa tutto, rende brutto il bello, e il brutto così brutto da non poterlo sopportare. Non ce la faccio, non ce la faccio. Era stato lo stesso con Charlotte, un furore irrazionale, incontrollabile, che le faceva digrignare i denti. Ah basta, basta. Le fosse capitato a tiro Baciccino gli sarebbe saltata agli occhi. Odiava lui, odiava il nipote, odiava tutti. Squassante, il suo odio. Atroce: con le mani alle tempie, gli occhi chiusi, aspettava che si placasse. Le emicranie della zia: così le chiamavano.

E di colpo infatti, come un'emicrania, passava: si ritrovava a pezzi, stremata: un poco anche vergognandosi di se stessa. Dio solo sa cosa le era preso: forse il vento, forse una notte mal dormita. E mentalmente ne chiedeva scusa al marito.

Tu sopporti Pippo Uno, doveva dirgli, giusto che io sopporti Pippo Due.

Nel baratto (Felicina è onesta con se stessa) sicuramente a rimetterci era Baciccino.

È DI BACICCINO, adesso, che dovrei dire qualcosa. Mi rendo conto che dal matrimonio in avanti la sua figura ha sempre meno rilievo, come soverchiata da quelle più prevaricanti di Felicina e della suocera Teresa. Un buon marito per la prima, un buon genero per la seconda; e di volta in volta un buon parente, amico o compagno di fede per chiunque.

Verrebbe istintivo citare le parole un po' ovvie che si scrivono sulle epigrafi o sulle immaginette-ricordo; parole che del defunto esaltano le virtù di cittadino e di cristiano, il suo amor di patria, per i suoi simili eccetera. Non lo faccio, però un passo dell'elogio funebre pronunciato durante le sue esequie a Badia devo trascriverlo, tal quale: quello dove si dice come egli avesse cara « questa bellissima terra d'Italia, trono e altare di Dio », e « aprisse il suo cuore alle speranze di lei, aspirasse e concorresse col consiglio e coll'opera alla sua indipendenza, non disperasse della sua temporanea umiliazione, non si unisse mai a' codardi per vilipenderla, non ai tristi per conculcarla, non ai deboli per disperarsi: e quando Essa sorse a nazionale e indipendente dignità, egli, associando le proprie alle ferventi orazioni di tutti i buoni per la conversione de' figli snaturati che conchessia – o colle parole o coll'opera – la disonorarono, visse e morì desiderando ch'Essa pervenisse e si mantenesse a quel primato morale e civile per cui già rifulse gloriosa infra tutte le Nazioni ».

Il riferimento a Gioberti è chiaro: di copie del *Primato* del resto a Campale ce n'è più d'una. Volumetti sdutti, in mezza tela marrone: e risultano letti e riletti infinite volte. E così il Balbo, e quegli altri autori di cui scorrevo il nome sulle costole intuendo un nesso fra loro che non mi curavo di cogliere. Autori cattolici, l'ho capito poi: cattolici però non del tutto ortodossi, non « allineati »: cattolici che con un termine d'oggi si potrebbero dire del dissenso. Allora venivano detti cattolici liberali (cattolico liberale fu il bisnonno Paris), parola che suonava male alle orecchie dei cattolici di stretta osservanza, e più ancora a quelle dei Raggi e della marchesa Giovanna. Con toni appena più moderati di quelli del nipote (il bisnonno Paris per i suoi scritti rischiò la scomunica) anche Baciccino sosteneva il diritto-dovere di far politica, contro il parere opposto (« né eletti né elettori ») del clero più retrivo. Ma in che cosa consistesse la sua opera in questo senso, non ho idea. Niente, scritto di suo pugno, è sopravvissuto a quella che non so se imputare a incuria (poco probabile) o censura (ancor meno probabile) da parte di Felicina; a meno che, finiti in mano di qualche discepolo zelante ma pasticcione (il giovane apologeta che ne stilò l'elogio funebre, per esempio), quegli scritti non siano andati dispersi.

Della maturità e vecchiaia di Baciccino, insomma, resta poco. Niente lettere, niente fotografie. Il giovanottone seduto in un giardino spoglio con la moglie a fianco diventa il vecchio signore del ritratto in salottino senza i passaggi intermedi che mi vengono forniti invece dall'iconografia di Felicina. Il salto è brusco e, direi, emblematico. Come se anche i suoi anni intermedi non fossero mai esistiti. Raggranello, senza molto costrutto, dati sparsi, interessanti forse per un biografo, ammesso che del pro-prozio Giobatta qualcuno volesse scrivere una biografia. Ma nessuno lo vorrebbe, era solo un signore come tanti del suo tempo, con ideali e interessi comuni a tanti del suo tempo (e del suo ambiente, dovrei aggiungere). Devo anche dire che l'importanza – o meglio, il significato – di certe sue attività, mi sfugge: saperlo Presidente del Credito Mobiliare (sede Firenze) serve solo a chiarirmi l'esistenza della casa in piazza D'Azeglio e gli spostamenti da Firenze a Campale e viceversa; ma niente di più. Fra le carte di Felicina il Credito Mobiliare ricorre spesso, e capisco che dovette rappresentare un momento importante nelle loro vite, qualcosa cui Baciccino si dedicò, forse un poco anche una creatura sua; dico « capisco », perché in realtà non mi va molto di approfondire la cosa. Tendo a diventare un po' ottusa di fronte alla tecnicità di certi argomenti; quando per esempio sono dal notaio per un atto di vendita (e sempre di più, negli ultimi anni, le occasioni di vendere si sono moltiplicate), io mi astraggo fissando l'attenzione sull'arredo dello studio, le tende, le penne sulla scrivania, su tutto insomma fuorché sulle aride formule che vengono lette perché io le sottoscriva. E così per il Mobiliare. Un tema che fa da sfondo ai suoi ultimi anni, e in cui continuo a imbattermi nelle carte di Felicina. Scorro parole come « dividendo », « contenzioso »: parole ostiche, però se andassi un po' a fondo qualcosa potrei capire. Lo penso, ma è un pensiero veloce, come lo sguardo che non si sofferma su niente ma passa oltre, divaricandosi quasi, per lo sforzo di non vedere. Certo mi interessa di più il passaporto che gli fu rilasciato nel '69, in occasione di un suo viaggio a Roma, ancora Stato Pontificio. Un papiro con tanto di stemma sabaudo e di timbri, in cui a nome di Vittorio Emanuele Re d'Italia si pregano « le autorità Civili e Militari di sua Maestà e delle Potenze Amiche ed Alleate » a lasciar « liberamente passare il signor M.se G.B. Raggi nato a ecc., che va a Roma con la sua consorte Felicina ecc. e la sua cameriera Margherita Puma » (detta Ghita). Assieme al passaporto ci sono altri papiri, alcuni plaudono all'opera da lui svolta durante il colera a Genova (anni '54-'56 e poi '67-'68), altri lo nominano, e poi lo riconfermano, Sindaco di Molare ('54-'66). Altre carte ancora riguardano l'erigenda scuola elementare che fu poi portata a termine dopo la sua morte – « pia fondazione » che cessò di esistere, come tutti gli enti morali (scuole, asili, ospizi, ecc.) frutto di lasciti o donazioni, col passaggio dalla gestione privata a quella pubblica: ma tutto questo riguarda la sua figura di cittadino, « esempio di cristiana e civile virtù », più che non quella privata, di marito e di zio. Un po', insomma, per mancanza di documentazione, un po' per colpa mia, non riesco a « vedere » Baciccino nella sua vita di tutti i giorni. Non lo vedo vivere insomma: mentre, paradossalmente, lo vedo morire.

Muore a Campale, nel 1882: ed è al nonno, ancora una volta, che devo questa testimonianza.

È la fine di ottobre, tempo di caccia. A Badia il nonno nel suo diario non parla d'altro. « A caccia coi G. » « Il Pin uccide due pernici»; «a caccia nella Preisa». E a Campale lo stesso. Le solite levate all'alba, un po' più di fatica (per Baciccino) indursi a scendere dal letto, infilare camicia, scarponi. Ma appena fuori, nell'aria pungente del mattino, la vecchiaia per lui (sempre per Baciccino) è un fantasma che subito dilegua, i cani scodinzolano festosi, il cielo è basso, gli odori vivi, chiamano memorie di altri mattini, di altri autunni, tutto uguale a sempre con in più il senso di un'esperienza che si fa più ricca di anno in anno, più piena e consapevole.

«La zia mi scrive che lo zio è un po' raffreddato.»

Quando c'è nebbia le beccacce scendono verso i campi di Gremiana e della Visazza. Il sereno invece le spinge in alto, verso il crinale dei monti di San Luca o Bancarelle. Si cammina per ore senza accorgersene, un dosso, una forra, un ruscello da attraversare, e può capitare che il piede scivoli su una pietra, l'acqua è bassa ma sufficiente a inzuppare le calze dentro gli scarponi. Quando Baciccino torna a casa, Felicina si inquieta un poco. «Come sei sudato.» Ti stanchi troppo, non dovresti, cosa ti credi, di aver sempre vent'anni? Questo non lo dice, ma sicuramente lo pensa. Ma a che serve arrabbiarsi? I Raggi la caccia ce l'hanno nel sangue, tutti, Baciccino come gli altri. Lei dal canto suo non si sente di scagliare la prima pietra. Ora non più, ma un tempo – oh, mille anni fa, era giovane, sposa da poco – anche lei si era provata a levare qualche pernice. Si era trattato più che altro di un gioco, ma era stato bello battere la campagna col fucile in spalla, peccato solo essere intralciata dalla gonna: che comunque era una gonna da strapazzo, forse quella stessa, a quadrettoni, del dagherrotipo... Si ebbe addirittura una menzione per questo: o forse perché era una donna – non bella, mai è stata bella Felicina, – però in compagnia di quegli uomini qualcosa scattava in lei, la rendeva stranamente spiritosa. «E quindi volendo noi, membri della Compagnia dei Cacciatori di tutto il Monferrato di qua dal Tanaro, riconoscere il raro merito della nobile Dama la signora Marchesa Felicina Raggi la quale, per aver dato saggi non dubbi di somma abilità nel tiro sia al volo che alla corsa [cioè, alle pernici e alla lepre] e specialmente per essersi dimostrata distintissima e piacevolissima espositrice di fatti veridici al pari che straordinari ed impossibili... ci siamo di buon grado disposti a nominarla, come con la presente la nominiamo, socia di questa nostra onoratissima Compagnia... » Compagnia di cacciatori ovvero di buontemponi, contaballe. E lei era stata al gioco, aveva riso con loro, impegnandosi, solenne, una mano sul cuore, a non « mai dir verità fuorché nel caso siano esse strane in modo da non poter aver per tali da chicchessia ». Anche la pergamena tra le carte: gialla, gualcita. Ma quanta acqua è ormai passata sotto quei ponti.

Per tutta la sera Baciccino starnutisce, Felicina gli somministra un chinino e una tisana calda. « Avrai mica la febbre? » Ma non è preoccupata. L'indomani, il medico diagnostica « polmonite ». Viene mandato un messo a Badia perché il nonno venga subito: ciò che fa appena giorno. A Campale (due ore a piedi, andando di buon passo) son tutti spaventati: la meno spaventata forse la zia. E se anche lo fosse, non lo darebbe a vedere. Il momento è grave, ma proprio per questo occorre imporsi un contegno, le sembra che finché riuscirà a mantenere la presa sulle cose, le cose le obbediranno: per cose intendendo anche gli eventi, il loro possibile precipitare. La camera di Baciccino è a piano terreno, sotto la finestra oggi c'è il « pratino » dove siedo a prendere il sole. L'ho ricavato estirpando i tassi che, troppo cresciuti, facevano bosco e toglievano luce alla stanza. Ma a quel tempo i tassi (se c'erano) dovevano essere poco più di un cespuglio, una macchia verde cupa cui faceva pendant l'altra macchia sul lato opposto della casa. Arrivando con la carrozza Felicina doveva cogliere quella simmetria e rallegrarsene come di una felice, anche se involontaria, intuizione. Del tempo del signor Filippo la camera conservava il pavimento d'ardesia e l'alto soffitto a volta che la luce della lucerna non arrivava del tutto a rischiarare. La lucerna aveva quattro becchi, e si poteva schermarne la luce con una ventola d'opaline. Seduta al capezzale del malato, Felicina pensa e prega; pensa, forse, più di quanto non preghi.

La casa si va intanto riempiendo di parenti. C'è Lilla Centurione, sorella di Baciccino; c'è Migliorati, marito di Ersilia; c'è François Celebrini; l'indomani arriverà Enrico marito di Lilla. Sono preoccupati ma soprattutto intrigati; cose grosse si annunciano se Baciccino morirà. Il nonno sente i loro sguardi su di sé e non sono sempre sguardi benevoli. Sta morendo un Raggi, l'ultimo della casata, e muore senza figli, una sorte che è toccata a tutti fuorché a Francesco, ma la discendenza di Francesco si è estraniata (inquinata, forse, da quel tanto di Oneto che è in loro?) Pippo, mio nonno, è Raggi solo per parte di madre; e il padre, il bisnonno Paris, raccoglie poche simpatie nel clan. Cosa si vorrebbe? Difficile dirlo, ancora più difficile capirlo. Non si vorrebbero intrusi, ecco; e che ce ne fosse un po' per tutti: nessuno nuota nell'oro, e Baciccino ha fama d'essere ricco (pochi, immagino, tengono conto che le sue ricchezze gli vengono dalla moglie).

L'atmosfera comunque è già luttuosa, di parenti convocati al letto di un morente, come, stando alle apparenze, Baciccino è: almeno, secondo il parere del medico. Grattarola, medico condotto di Molare, dice a mio nonno: « Speriamo passi la notte ». E quella notte a Campale nessuno dorme. Il nonno si corica alle undici, ma senza spogliarsi: intorno a lui la casa veglia trattenendo il respiro, un'attesa insopportabile per un ragazzo: a un certo punto infatti si alza e scende giù. « Alle dodici e mezzo ero dabbasso », scrive nel diario; cerco di figurarmi la sua stanza, forse quella sopra alla camera dello zio che fu anche la mia da ragazza. E gli altri, dove? Erano tante, le camere da ospiti; lo sono ancora, anche se molte sono state destinate ad altri usi, una è diventata l'archivio, l'altra il salottino celeste. Altrettanto inutili di quelle; ma almeno han potuto trovarvi posto mobili che altrimenti avrebbero dovuto essere accatastati in fattoria. Scende, e in salotto c'è Migliorati: « Parlato con lui ». Alla fine di ottobre si accendono già stufe e caminetti, ogni stanza aveva una stufa oppure un Franklin, e quelle a pianterreno il caminetto. Nessuno, a quell'epoca, faceva caso ai domestici che entravano con una bracciata di legna da scaricare nella cesta perché era un fatto usuale, come l'accensione dei lumi o la chiusura delle finestre. Ma quella notte dovette essere un continuo su e giù per alimentare camini e stufe. E tuttavia verso l'alba vien freddo, un freddo che penetra dentro e si mescola alla leggera vertigine dell'insonnia. Comunque, l'indomani il malato sta meglio. « Finalmente », annota il nonno, « possiamo sperare. » Il miglioramento continua il giorno dopo; la casa, e con lei i suoi abitanti, tira il fiato; un vento gagliardo riporta il sole e il nonno registra anche questo miglioramento. Le condizioni atmosferiche hanno sempre molta importanza per lui, in fondo è un ragazzo di campagna, abituato a decifrare i segni misteriosi dai quali i contadini traggono le previsioni del tempo. Il vento di quella giornata infatti porta burrasca, l'indomani piove, una giornata uggiosa di cui il nonno registra solo la partenza di Pippo Uno e del cugino Centurione. « Vedo lo zio, mi parla; passo due ore con lui, mi chiede di Papà e della caccia; ma è debole. » Forse è stata la zia a chiedergli di sostituirla al capezzale del malato, o forse è stato lui a volerlo vedere. Il ragazzo gli siede accanto, lo guarda: è impressionato dal suo pallore, dal naso affilato, segnato ai lati come di nerofumo. Buon segno, sicuramente, che abbia avuto voglia di parlare. Ma sicuramente il ragazzo si sarà accorto di come la voce gli esca a fatica, e come le domande che gli rivolge sembrino fatte tanto per fare; non è nemmeno sicuro che abbia udito (o ascoltato) le risposte. Nei due giorni seguenti il miglioramento continua; un cauto ottimismo si esprime in una ripresa della vita di tutti i giorni, il tè, una passeggiata a Cassinelle, la lettura dei giornali. Una tregua che ognuno avrà interpretato a modo suo: « Se va avanti così », si sarà detto il nonno, « domani torno a Badia ». Invece l'indomani sopravviene una « gastrica gravissima », ciò che nel caso specifico prelude a qualcosa di ben peggiore. « Viene il tifo, alle 5 lo zio muore. » E di seguito, unica spia d'un'emozione: « Che notte, mio Dio! »

Fino a quel momento il nonno non aveva mai visto morire nessuno. Suo nonno Giulio era già composto nel letto quando era stato condotto a vederlo per l'ultima volta: la morte aveva i tratti estranei e pacificati di una maschera di cera. Invece la morte dello zio lui l'aveva vista arrivare di ora in ora, di minuto in minuto, anche se non era stato più ammesso alla sua presenza; l'aveva vista sui visi di chi entrava e usciva dalla stanza, nei suoni strangolati che ne provenivano, nei silenzi.

Dopo, anche lo zio, come il nonno, era stato composto nel letto, le mani in croce, il rosario tra le mani. Un velo nero abbrunava lo specchio rotondo del trespolo al quale si faceva la barba; candelabri ai lati del letto, ai piedi l'inginocchiatoio dove anche lui, per un momento, si era genuflesso a pregare. « Fino alla mezzanotte con Migliorati a spedire dispacci. Vado in camera ma non mi spoglio, non posso andare a letto, sono agitato, alle tre esco e passeggio fino alle quattro. » Notte fonda ancora, ma almeno è sicuro di non incontrare nessuno. E il ragazzo ha bisogno di star solo. Di piangere da solo? Forse; e se mai l'avrà fatto, nessuno, nemmeno il diario, dovrà saperlo. Un uomo non piange, non manifesta i suoi sentimenti, il dolore come la gioia sono fatti suoi, privati, e del privato si deve essere gelosi più che altro per una forma di rispetto. Il carattere del nonno potrebbe riassumersi nella frase « non seccare il prossimo » che era per lui una sorta di undecimo comandamento. E non seccare il prossimo voleva dire non sollecitare confidenze dagli altri ma neanche affliggere gli altri con le proprie.

Però allo zio voleva bene, un bene sincero; e sicuramente, se proprio non ho sbagliato tutto sul suo conto, disinteressato. L'interesse nascerà dopo, e anche i conflitti, prima con la zia, poi con la parentela Oneto; ma per il momento Baciccino li unisce da morto come li univa da vivo, anche se di lui – ruvidi e poco comunicativi come sono entrambi

– eviteranno il più possibile di parlare. « Lui » voleva che niente cambiasse, e la sua volontà verrà rispettata. Su questo almeno sono tacitamente d'accordo.

Alla morte di Felicina, Campale andrà al legittimo erede, ma fino a quel momento, padrona in carica rimane lei.

VIII

IL CERCHIO SI CHIUDE

« e quello che hai preparato,
di chi sarà? »

LUCA, 12, 13, 21

Così adesso so a chi devo Campale.

Non a nonna Giuseppina, come credevo quando Campale era per me ancora (e soltanto) la casa delle vacanze, e nonna Giuseppina presiedeva, col suo aplomb di donna di mondo, ai festeggiamenti del settembre monferrino. E nemmeno a nonna Camilla, languida e malinconica, del languore e della malinconia di cui sembrava intriso Campale, il suo bosco di alti alberi smilzi, di smilzi pallidi funghi, il suo odore di legno fradicio, romantico e corrotto. (Nonna Camilla, che non avevo mai conosciuto, era morta di un male misterioso, e poco dopo, con quella che ritenevo una mancanza di sensibilità oltre che di gusto, il nonno si era risposato con nonna Giuseppina).

A nessuna delle due dunque, bensì a lei, la meno rappresentativa, la meno ricordata, la meno amata certo, di tutte le donne di famiglia.

A lei, al suo tempo: quell'Ottocento remoto in cui si fondevano (confondevano) nomi e volti di non meglio identificate avole e bisavole: le quali, come appresi in seguito, con Campale in realtà non ebbero mai a che fare. Donne di parte Salvago, donne di parte Raggi: di parte Oneto nessuna, all'infuori di questa Felicina nel cui nome mi imbattevo ogni tanto, ma che aveva l'aria di una comprimaria più che di una protagonista.

Era fare un po' d'ogni erba un fascio, lo so: ma non ero ancora arrivata al momento delle distinzioni. Dicevo « ottocento », e questo era già di per sé qualcosa di riduttivo, sinonimo di cattivo gusto, o come si direbbe oggi, di kitsch. Quella brutta casa fatta a chalet, quegli stucchi, quelle caminiere. Si è figli del proprio tempo, e l'Ottocento a quel tempo non veniva considerato, come stile era proprio tutto da rinnegare.

In realtà c'era Ottocento e Ottocento: quando arrivai a capirlo (in ritardo, come sempre) mi si chiarirono anche le varie fasi attraverso cui era passato Campale. Fino agli anni '50, il suo tempo di casino di caccia. Anni '80, la casa nuda e nuova col pavone e le aiuole fiorite dell'acquarello.

E, frammezzo, il biliardo, il tavolo intarsiato coi leoni, i canapè imbottiti, le frange. (Dopo, ma era già l'Ottocento di nonna Camilla, sarebbero venuti i vasi cinesi, le fioriere, i paralumi col volant).

E come la casa, così Felicina: il suo passare nel corso di quei decenni dalla maturità alla vecchiaia. Come succede con le brutte, il tempo ha lavorato per lei, l'ha favorita. Il viso dei suoi ultimi ritratti è più amabile dei primi, non importa che gli occhi restino duri (occhi di padrona che vede tutto, che fruga, che stana ogni granello di polvere, ogni filo pendulo di ragnatela: occhi che sanno quello che viene loro taciuto), importa che abbia imparato a sorridere, a convivere coi suoi grossi denti; a pettinarsi, a vestirsi.

Sono gli anni in cui comincia a prendere in mano le redini dell'azienda, a riguardare personalmente i conti, a mettere le basi per l'allevamento dei bachi da seta. Aveva idee grandiose, non sempre condivise dal marito: Baciccino era prudente, l'avventura lo spaventava: comunque, più che il futuro dell'azienda lo interessavano i contadini, le loro condizioni di vita, la maniera di migliorarle. I « doveri di stato » per lui erano quelli. Per Felicina invece erano creare qualcosa che restasse: quasi che la mancata maternità acuisse in lei il bisogno di una sopravvivenza.

Saprei qualcosa in più di lei se avessi ancora i suoi spartiti? Erano tanti, tutti ugualmente rilegati in tela verde-reseda, quali con le iniziali, quali col nome per esteso: Felicina Raggi. Somigliava troppo quel nome, alla casalinga Felicita gozzaniana per non darmi lo stesso tedio provato da lui verso le « care cose di pessimo gusto ». Con la differenza che per lui, almeno, quelle cose erano « care ». Aprivo gli spartiti con le loro pagine fitte di segni astrusi per me, come i caratteri di qualche lingua morta: caratteri runici, o va' a sapere: li richiudevo senza averne letto né titolo né autore. Non li ho più ritrovati, e ho la molesta sensazione di averli dati via: forse al solito robivecchi che veniva a quei tempi a vedere se avevo qualcosa per lui; e che purtroppo (senno di poi!) non ripartiva mai a mani vuote.

Sì, certo che saprei qualcosa in più di lei se li avessi ancora. La vedo seduta al pianoforte, ma non sento quello che suona; come se io fossi sorda, o i tasti muti. Era per i classici o per i romantici? Amava Verdi? E Schubert, e Beethoven? So da Teresa che a Genova non mancava una prima a teatro: che qualche volta il signor Filippo l'invitava nel suo palco. Ma quali erano i suoi autori preferiti? E Baciccino? Avevano gli stessi gusti o c'era qualche nome che li faceva discutere, aizzandoli in una polemica che forse (succede, fra vecchi coniugi) andava al di là dell'oggetto della contesa? Lui anche amava la musica, ma il flauto apparteneva ai suoi anni giovanili, un ricordo.

Tante cose ormai del loro comune passato eran diventate ricordi. Fegino, la casa di via degli Orfani, quella di Firenze. Le fotografie di amici e parenti si accumulavano nei tiretti del suo sécretaire, e ormai erano più i morti che i vivi: messe venivano celebrate in loro suffragio nella cappellina, alle quali assistevano dietro la grata. Anche Charlotte, un ricordo lontano: pochissimi a Campale sapevano della sua esistenza, persino mio nonno sapeva e non sapeva, « la piccola Charlotte » – uno di quei discorsi trauditi di cui non si va mai a fondo – che si trattasse di una figlia adottiva o di una figlia vera non contava, era stato comunque tanto tempo prima, un evento che sconfinava con la leggenda.

Ricordi, per Felicina, deve voler anche dire bilanci. Mettere ordine, inventariare, classificare. Le filze ordinate racchiuse da una fascetta con su scritto il loro contenuto nella sua calligrafia sempre più inclinata e sempre più sottile: le buste celesti; i registri; i taccuini. Un'operazione apparentemente senza scopo, ma che lei sente invece come un dovere. Pressante: perché il tempo è poco. Baciccino se n'è andato in quattro e quattr'otto, stava bene, tempo una settimana lo seppellivano a Badia accanto ai suoi vecchi, privandola anche della consolazione di averlo vicino: di parte Raggi come di parte Salvago, sempre parenti-serpenti.

Estote parati.

Felicina ormai vive stabilmente a Campale: in teoria, la morte di Baciccino non avrebbe dovuto cambiar niente. In pratica, penso invece che almeno un cambiamento ci dovette essere: nel suo rapporto con la casa.

Quando Baciccino era vivo, Felicina entrava raramente nella sua camera. Ognuno aveva la sua, lei quella dove oggi ho lo studio, ultima porta a sinistra della stanza da pranzo; lui quella dirimpetto. Entrambi mattinieri, si ritrovavano a messa, e poi a tavola di fronte alla cuccuma del caffelatte. « Dormito bene? » Una domanda pro-forma, di cui Felicina non ascolta nemmeno la risposta, i suoi pensieri sono altrove, leggeri e sparsi come i capelli che le sfuggono dalla cuffia da notte. Come quelli, anche la giornata che ha davanti va composta, costruita, pianificata: parola di oggi, questa, che sicuramente le sarebbe piaciuta.

Così tutto di quei loro incontri mattutini è fuggevole, distratto: quando si è in salute, basta sapere che l'altro è lì, a portata di mano: dove, non ha molta importanza.

Adesso invece la porta di quella camera resta chiusa, e c'è un significato preciso e plumbeo in questa chiusura, è sempre una porta come le altre – e anche le altre sono chiuse – ma il modo in cui questa lo è ha qualcosa di definitivo, si capisce che dietro quella porta non c'è, né ci sarà più nessuno, solo il letto col materasso tirato su e i mobili inerti, inutili: nel senso, proprio, di non utilizzati.

Deve nascere allora in Felicina il bisogno di entrarci, però quando nessuno la vede. Spalanca la finestra, per un momento alle sue spalle sente un alito, come se qualcosa respirasse. Ecco il trespolo con lo specchietto rotondo, ecco il « ghirindone » coi suoi arnesi da barba. Il pennello è secco, le setole ingiallite. Solo adesso Felicina fa caso alla ciotola dove sciacquava il pennello: una vecchia tazza del servizio di Limoges che aveva perso il manico. Forse è di qui che cominciò il suo dialogare con le cose. Non propriamente a parole, ma tacitamente: interpretandone il linguaggio. Erano solo cose, oggetti inanimati: però tra loro e lei, quando entrava in una stanza, succedeva qualcosa. Lei le sentiva non come cose ma come presenze: o forse sentiva le presenze che in passato erano state in rapporto con loro, che le avevano toccate, usate: amate, anche. Lei sicuramente, avendo amato Baciccino, le amava. E poi, piano piano, imparò ad amarle non perché le aveva amate lui, ma per se stesse. Per quello che erano, voglio dire.

La casa era grande, si dilatava intorno a lei in infilate di sale e salotti, di corridoi ramificantisi come le vene che osservava a volte – segni di vecchiaia – sul dorso della propria mano. E tutti le erano familiari, di tutti sapeva tutto, al punto che la notte, se non riusciva a dormire, poteva percorrerle mentalmente ed elencarne il contenuto. C'è chi per favorire il sonno conta le pecore; a lei però quell'esercizio non faceva venir sonno, al contrario, l'eccitava. Suscitava in lei idee di piccoli cambiamenti, di un mobile che forse sarebbe stato meglio in una stanza piuttosto che nell'altra – ma allora in quella stanza ce ne sarebbe stato uno di troppo, dove metterlo?... e mentalmente lo provava in tutte le stanze, una fatica come se ce l'avesse trasportato con le proprie braccia. Di giorno invece si accontentava di farne il giro. Le sale del pian terreno, le camere del primo piano, a volte quelle del solaio.

Apro porte, di sulla soglia mi guardo intorno. Se non vi entrassi si sentirebbero inutili, abbandonate. Io invece ho cura di loro. Con un tocco del dito raddrizzo una cornice storta, sposto di poco una poltrona, verifico il contenuto del buvard sullo scrittoio d'una delle camere degli ospiti. Mi piace che le camere degli ospiti siano corredate del necessario. E immagino ME come un ospite, e di svegliarmi al mattino in una di quelle stanze, e notare con ammirazione verso la padrona di casa – che sarei io – come proprio non manchi niente. La carta da lettere nel buvard, le grucce nell'armadio, fiori freschi nel vaso. In realtà ho raramente ospiti.

Ma perché dico « io »? Non stavo parlando di Felicina?

Il fatto è che sempre più spesso, da quando ho cominciato a scriverne, mi accade di identificarmi con lei. Il suo Campale non è il mio, ma è come se lo fosse: se chiudo gli occhi, dietro le palpebre le stanze ritrovano l'assetto e la luce del suo tempo. Ritrovano i globi opalescenti intorno ai tubi di vetro sulle lampade disposte qua e là sui tavoli o sulle consolles. Ritrovano l'alone fermo delle candele nei candelabri in sala da pranzo, e la loro luce blanda che si diffonde sui visi dei commensali. Ritrovano il vasellame, l'argenteria, i *menus* scritti a mano di fronte a ogni ospite: rimandano il brusio delle voci e poi, di là, nel salone del biliardo, i colpi secchi delle biglie o lo scorrere delle ghiandette in legno sull'asticella segnapunti.

Vi sono differenze ma anche affinità. Più luce (allora) in giardino: e più spazio, più vista. Niente faceva da schermo fra il piazzale e le case coloniche: anche la collina di fronte era ben visibile, la strada correva sul crinale, e carri e bigonce si stagliavano contro l'azzurro come in silhouette.

Oggi non più; e mi chiedo se ideando il giardino – qua i tassi, là le tuje, la paulonia, la sophora, il cedro deodara – lei avesse avuto in mente quel che sarebbe diventato in cent'anni, questa crescita smisurata, casa e piazzale chiusi nel loro abbraccio verde, compressi, schiacciati.

O se in qualche modo avesse fatto parte del suo progetto?

Direi di no. Le cose, in questo caso la natura (alberi piante e sottobosco), tendono a prenderci la mano. E comunque, cent'anni sono tanti. In cent'anni la pianticella che fu il noce (ammesso e non concesso che vi fosse stata davvero portata da Cavour) è diventata enorme: le sue fronde più alte quasi raggiungono il tetto della casa. E il glicine che doveva, sulla facciata, riempire lo spazio tra finestra e finestra, oggi è così spesso e fronzuto che impedisce a quelle stesse finestre di aprirsi. La sua fioritura esplode, improvvisa (le foglie verranno dopo), e la facciata scompare sotto una cascata di grappoli lilla che ogni giorno si arricchisce di petali e di colori. Grossi bombi pelosi vanno e vengono con un ronzio cupo, incessante. I grappoli poi si sfogliano, cadono a terra, ne resta il profumo estenuato, di cosa sfatta: le nuove foglie verde-pallido hanno già preso il loro posto.

Felicina non ha conosciuto questo; mi rincresce per lei. Tante cose non ha conosciuto. Vorrei poterla condurre per mano di stanza in stanza, mi seguirebbe come una vecchia zia un po' stranita, ma guarda! – meravigliata alzerebbe gli occhi ai soffitti, ai quadri che le riescono nuovi, o cambiati di posto, riconoscerebbe certi oggetti e certi mobili, vorrebbe sapere dove sono finiti certi altri. E se mi chiedesse degli spartiti? Per distrarla la trascinerei via, oltre il salone (dove probabilmente teneva il pianoforte), oltre l'ingresso. « Questi mobili sono cinesi, li portò il nonno da Pechino. » Da Pechino?... sempre più stranita, smarrita. Sì, quando si trovò all'assedio dei Boxer con nonna Camilla e mio padre. Ma lei non sa nulla di nonna Camilla e mio padre quando lei morì era ancora di là da venire. « E questa è la camera del Vescovo », introducendola in quella che un tempo fu la cappella. (Perché poi « del Vescovo »? non mi risulta di nessun Vescovo ospitato qui nel corso di una visita pastorale.) Ma forse perché è una stanza parata di damasco giallo, e dietro al letto c'è un pezzo della stessa stoffa che forma baldacchino: una camera solenne, un po' austera; e comunque in una casa come questa una camera del Vescovo ci sta bene. (Non c'è forse anche il noce di Cavour?)

Felicina ammutolirebbe, forse approverebbe, forse no. Ma per lo meno si renderebbe conto che la casa è viva.

Vedi, vorrei dirle, tu mi hai portato alla casa, ora la casa mi porta a te. (Ma potrei anche invertire i termini; la casa, Felicina – son tutt'uno. Si fondono; si completano. E l'una non sarebbe esistita senza l'altra.)

Lei era vedova, senza figli; già abbastanza avanti negli anni. Un mattino alzandosi si sarà accorta di camminare un po' più curva. Non per la prima volta: ma le altre volte con un colpo di reni si dava una spinta all'insù: quel mattino non lo fa. Sono vecchia. E con una certa civetteria deve aver accentuato quella sua andatura: rivendicandola come un privilegio dell'età.

Ma alla casa non era permesso invecchiare. La casa andava curata nelle sue magagne (la passatoia un po' lisa; la pittura a smalto della sua camera che si sfalda; e le dicono che piove nel « lavorerio » delle donne), tenuta su.

Anch'io, quante volte col barattolo dello stucco o della cementite, col pennellino o con la spatola, sono andata in giro a medicare quei segni impercettibili di invecchiamento, il buco lasciato da un chiodo, la scrostatura nella vernice di una porta... Manie? Ma no, la casa ha bisogno di queste cure, passo, e la guardo, e la sento rispondere come un gatto che fa le fusa. È contenta, si sente amata. Gli anni le pesano quel tanto che serve a farla più bella: anche lei come Felicina, come tutte le brutte, migliora con l'età. Quella sua aria gozzaniana le dona, adesso. Anch'io, che non la amavo, la giudico con altri occhi.

Quelli di Felicina? È diverso: al suo tempo era l'ultimo grido, oggi, al più, si dice che torna di moda: e forse non è nemmeno questo.

Una casa la si ama per quello che è stata, in bene o in male. Forse quando lei veniva a Campale al tempo del signor Filippo e trovava tutto brutto, forse in realtà senza saperlo già da allora la amava.

UN pensiero, a tratti, doveva trafiggerla: PER CHI?

Seduta sul panchetto in giardino, strappava le erbacce. Era estate, il piazzale un lago grigio-azzurro sul quale tremolava come una nebbia la peluria verdolina dell'erba. La casa alle sue spalle allargava le sue ali verso di lei, Felicina la sentiva senza bisogno di girarsi. Pippo Uno doveva essere da qualche parte, non si sa dove, non diceva mai dove andava, il perdigiorno di sempre, annoiato, svogliato, buono solo a risolvere sciarade. Lui solo, perché i nipoti di parte Oneto ormai avevano perso interesse: Campale non sarebbe toccato a nessuno di loro.

E l'erede, mio nonno, Pippo Due, veniva meno ancora. Per fierezza? per delicatezza? per indifferenza? Difficile capirlo, anche lui; come era stato difficile capire Charlotte. I giovani; il loro mondo. Forse davvero per capirli bisogna essere state madri a propria volta, averli portati in seno, sentiti muovere dentro, tirar calci: in una parola, partoriti.

Tutto qui, il mio parto, deve essersi detta guardando la casa. E a goderne sarebbe stato quel ragazzo dai capelli ricci che della casa non avrebbe mai capito niente. Come dire (e tuttavia si ostinava a strappare erbacce) « a che pro ».

Invece si sbagliava.

Non è vero (anche questo vorrei dirle) che a capirci, a continuarci, debba necessariamente essere qualcuno del proprio sangue. Può essere chiunque: purché non si stanchi di strappare metaforiche erbacce.

Oggi, per esempio, a strappare quelle erbacce ci sono io.

I RAGGI

- A. Giulio
  - **Gian Antonio** (1760-1855) sp. Teresa Spinola
    - A. Giulio (1802-1876) sp. Giovanna Spinola
      - Violantina sp. Paris Salvago
        - Giuseppe (Pippo 2)
          - Paris
            - Camilla
    - Ersilia sp. Migliorati
    - P. Giovanni cappuccino
    - Eugenia sp. Pallavicini
    - **Francesco (Checco)** sp. Teresa TEALDI ved. ONETO
      - Gian Antonio
      - Paolo
      - Giulio
      - Margherita
    - Giacomo sp. Gabriella Ferretti
    - **Giobatta** (1816-1882) sp. Felicina ONETO
    - Lorenzo sacerdote
    - Maria (Marinetta) sp. Celebrini
    - Lilla sp. Centurione
  - Filippo (1777-1854) s.p.

Gli ONETO

- **Giuseppe** (Pippo)
  - Nicola (1799-1844) sp. Teresa TEALDI* (1806-1860)
    - Paola sp. Casanova
    - Felicina sp. **Giobatta RAGGI**
    - Giuseppe (Pippino o Pippo 1)
    - Francesco (Checchino)
  - Francesco (Checco) (1812-1878) sp. Angiolina Becchi

* Teresa in seconde nozze sposa Francesco RAGGI e ha i figli Gian Antonio, Paolo, Giulio, Margherita.

INDICE

Finito di stampare
nel mese di marzo 1988
per conto della Longanesi & C.
dalle Officine Grafiche Fratelli Stianti
di Sancasciano (Firenze)
Printed in Italy